MÊS DE CÃES DANADOS

Moacyr Scliar

MÊS DE CÃES DANADOS

PRÊMIO BRASÍLIA 1977

L&PM EDITORES

Capa: **Edgar Vasques**
Fotocomposição: **Flores & Filhos**
Fotolitos: **Smith**
Revisão: **Francisco Marques da Rocha**
Supervisão: **Mário Barreira Speranza**

Rua 24 de Outubro, 798
90.000 - Porto Alegre - RS

Impresso no Brasil
Primavera de 1977

DEZOITO DE AGOSTO, SEXTA-FEIRA — E DAQUI POR DIANTE DEPOIMENTO TEXTUAL

É muito pouco. Isso aí? É muito pouco.

Queres saber da ema fugaz? Queres? Então é muito pouco. Queres saber dos bois empalhados? Da tia de Pelotas? Da Carta de Punta del Este? Da queda do cruzeiro? Do Banco da Província? Do Simca Chambord? Das Cestas de Natal Amaral? Do considerável número de populares bradando viva Jânio? Queres saber de tudo? Queres? Então paga.

Queres saber da vozinha na parede. Queres saber da crise de Berlim. Queres saber dos batelões afundados no Canal do Rio Grande. Queres saber da machine-gun. Queres saber do Restaurante Universitário. Queres saber do Chevalier Rolland. Queres saber o que aconteceu na Praça da Matriz, naqueles dias, há muito tempo.

Queres saber tudo — por uma moeda. Mas vem cá — perdeste a vergonha?

Queres saber das Letras da Legalidade — por uma moeda. Da Operação Mosquito — por uma moeda. Queres saber porque os pingüins engolem pedras. Por uma moeda. Queres saber do passamento da veneranda. Queres saber do refinado espertalhão (isto não te sugere nada?) que caiu nas mãos da polícia. Por uma moeda. Por uma única moeda.

Não importa de quanto! Ouviste? Não importa de quanto. Sou de um tempo em que não se acreditava em moedas. Sou do tempo de dólar a 278 cruzeiros. Sou de dezoito de agosto de 1961. Vai te dar trabalho fazer com que eu acredite em moedas. Ou pensas que o trabalho é só meu?

Não quero saber de quanto é a tua moeda. O que ela valer será pouco. Já ouviste falar da abóbora de dezoito quilos? Até este dia dezoito, tinhas ouvido falar de semelhante prodígio? Não — não tinhas ouvido falar; portanto, uma moeda é pouco.

Bota mais aí.

Bota um pouco mais, anda.

Bota um pouco mais que eu te conto a história. A história da ema fugaz, da tia de Pelotas — de tudo. Bota um pouco mais, que diabo. Não te custa. Estás bem de vida, se vê. O que está sobrando para ti falta para mim. Anda, bota um pouco mais. Por quê? Por que, perguntas?

Porque só falo se me pagam. Tu pagas para ver um filme, não pagas? Pois então tens de pagar para ouvir aqui o teu amigo. O teu criado. O degas. (Estas palavras não se usam mais. Eu as uso. E é por isso que cobro para falar. Porque sou do dezoito de agosto de

1961. Sou de um tempo que já passou — e não sou velho, hein? Olha que não sou velho. A barba e o cabelo estão crescidos e um pouco grisalhos, mas não sou velho. Os dentes, estragados — mas não sou velho. Estou bem lúcido. Lúcido e articulado. Falo bem. E até com eloqüência; sou razoável como orador, embora não tenha completado minha formação. As palavras que uso, falando, muita gente não usa escrevendo, sabes? Grava e depois escreve o que estou te dizendo, e verás. Tens um gravador aí na bolsa, não tens? Eu sei que tens. Conheço a moderna tecnologia da informação. Mantenho-me atualizado — graças às folhas de jornais que o vento me traz, graças às revistas que certa senhora me dá, graças à proximidade da Biblioteca. Recapitulando: o peticionário, lúcido e eloqüente, testemunha de um passado convulso, requer a Vossa Senhoria se digne aumentar a contribuição a que tem direito como indigente. Paga, rapaz. Pagando vais ouvir uma boa história.)

Ah, agora sim. Agora está bem. Essa contribuição foi substancial. Sinto-me animado, pronto para começar. Deixa eu pigarrear, deixa eu limpar esta garganta que o vento do rio começa enferrujar. Pronto. Quando quiseres, podes ligar o gravador.

A propósito: não é para jornal, é? Para jornal não conto nada. Já estou ressabiado. Uma vez veio aqui uma jornalista, me fez contar a história toda, riu de mim, me fotografou e foi embora sem pagar nada. No outro dia sai no jornal uma reportagem enorme — com o nome dela! Ganhou fama e dinheiro às minhas custas! Hás de admitir que não posso tolerar uma coisa destas. Aliás, sabes que ela não teve sequer a gentileza de me trazer um exemplar aqui? Se o vento — aqui venta muito, sabes — não tivesse me trazido às mãos a folha do jornal com a tal reportagem, eu jamais saberia o que ela dizia sobre mim!

Ah, não é para jornal. Bom. Para dizer a verdade não tens mesmo cara de jornalista. Perguntei por descargo de consciência.

Vamos começar por onde? Pelo nome? Queres saber o meu nome? Bom... Que nome vou te dar? Milton, está bem? Ou Artêmio? Ou preferes Mário? Preferes Mário. Muito bem. Tens bom gosto. Mário, então.

Sobrenome? Não, sobrenome não. Não uso. Deixei-o de lado há muito tempo. Eu te diria até que esqueci o meu sobrenome... É. Esqueci. Não estou caduco, sou moço para isto, mas esqueci. É que, sabes, sobrenome não tem importância. Não tem não. Acredita em mim. Olha: quem te diz isto tinha um sobrenome ilustre. Estava até gravado nos copos de uma espada.

Não tenho sobrenome, não tenho família. Outras coisas que não tenho: casa própria; conta bancária; carteira de identidade; cartão de crédito; carro; cão de guarda — para ficar só na letra C. Cavalo. Não tenho cavalo.

Não tenho sobrenome, mas posso te arranjar um apelido. Apelido sempre é bom, dá à história um tom pitoresco, um ar regional. Tu és de onde, amigo? Espera aí, deixa eu adivinhar. Tu és de São Paulo. Pelo bigode, pelo sotaque, deves ser de São Paulo. Terra boa. Terra dos bandeirantes. Andaram por aqui, os bandeirantes. Atacaram as Missões. Bem, mas isto agora não interessa, é passado muito remoto. És de São Paulo? Então o meu apelido é Picucha. Mário Picucha. Isto é que interessa.

Cuidado aí. Estás atrapalhando os transeuntes.

Talvez não saibas, porque não és daqui, mas esta via pública chama-se General Câmara. Eu ainda a conheço por seu nome antigo: Rua da Ladeira. É bem movimentada, como podes notar por esta gente que sobe e desce. Estamos aqui em pleno centro da cidade. Ali em baixo é a Rua da Praia, estás vendo? A Rua da Praia é a nossa principal artéria comercial.

Eu sei que tu conheces a Rua da Praia. Tens cara de esperto. De espertinho. Conheces a Rua da Praia. Conheces muita coisa. Mas sabias, esperto paulista, que ali já foi água? Pois já foi água. Ali onde está passando aquele hippie, nadava um peixe. O grande bagre cinzento, o bagre taciturno. Ali, entre os caniços da margem coaxavam os sapos. Era um tempo de noites escuras... Quando foi isto? Em 1961? Não. Muito antes; antes que as bóias inquietas iluminassem a superfície crespa das águas. As bóias da Capitania dos Portos, conheces? *A Delegacia da Capitania dos Portos informa: bóia de luz vermelha, Junco n.º 4, apagada; bóia de luz branca n.º 1, Canal das Pedras Altas, apagada.* Isto foi no dia dezoito de agosto. Dezoito, por extenso. 1961 podes botar em números. E se tiveres alguma dúvida sobre esta e outras informações podes consultar a coleção do *Correio do Povo*. Eles têm aqui, na Biblioteca.

É estranho que as bóias tenham apagado àquela noite. É estranho que uma bóia chamada Pedras Altas tenha apagado. Em Pedras Altas foi assinado um tratado de paz entre federais e maragatos... Ou foi travada uma batalha... Não sei. Não me lembro. Foi antes de 1961. Não tenho obrigação de me lembrar. De qualquer forma é estranho que as bóias tenham apagado àquela noite, deixando o rio escuro, deixando o rio como era à época dos primeiros habitantes. Foi numa noite escura que eles aqui chegaram, no pequeno veleiro. Lançaram âncora, mas não desembarcaram; passaram a noite no pequeno navio, sacudidos pelo rio atormentado, sondando a escuridão, ansiando por alguma luz. Mas Junco n.º 4 não brilhou, Pedras Áltas também não. Foi só pela manhã que a luz surgiu; e a luz, como bem podes imaginar, paulista esperto, era a do sol. Agitados, com olheiras, os açorianos fizeram descer os botes e remaram para a margem. Por este caminho, por aqui onde agora estamos, subiram, esmagando os gravatás com suas botas, fazendo fugir espantadas as lagartixas. Ali, onde agora está a Catedral ergueram a sua tosca cruz e rezaram a primeira missa.

Não sei se foi assim; não posso me responsabilizar pela exatidão do que aconteceu antes de 1961. Mas — confia na minha imaginação. Vou te contar coisas que nunca ouviste, que nunca leste; coisas que não viste no cinema nem na televisão. Vou te contar um *causo*, sabes? Um *causo*. É o que vou te contar. Não no linguajar dos pagos, porque este infelizmente já esqueci. Mas lembro coisas interessantes, de dezoito de agosto de 1961. O dia em que foi entrevistada a candidata ao título de Mais Bela Comerciária, Sônia Maria. Sônia Maria: Seu autor predileto era Bilac. Sua cor preferida, o gelo. Batom? Café. (Café, paulista. Uma homenagem a tua terra). A uma pergunta, respondeu que sim, que conhecia o Rio de Janeiro e que tinha gostado de visitar o Corcovado. Apreciava, essa candidata, tangos e boleros. Roberto Yanez era o cantor de sua predileção.

Ali em cima fica a Casa do Povo Rio-Grandense, a Assembléia Legislativa. Ao lado, o Palácio.

(Povoei, paulista, minha infância de castelos —

não de palácios. Palácios? Príncipes indolentes, cortesãos corruptos, intrigantes, afrescalhados. Castelos: austeros senhores da guerra. Decididamente, paulista, prefiro castelos a palácios. Por mais poder que estes simbolizem.)

Índios, paulista, corriam por estas terras. Será por isso que aquele prédio ali tem o nome de Forte Apache? Não. Nossos índios eram os charruas, os tapes, os — Não os apaches. Nada de apaches.

Deixa passar as moças, paulista. Estás de novo interrompendo a passagem. Olha, faz o seguinte: senta aqui ao meu lado, neste degrau. Ninguém vai reparar. E se repararem, o que é que tem? Tu és de fora. Estás aqui só de passagem, daqui a uns dias te vais. Além disto, e falando francamente, és um bocado mal-encarado, o pessoal não vai se atrever a rir de ti, como riem de mim. Senta, vamos. Senta. Sentado, sentado... Isto.

Bueno.

Agora, deixa que te conte. Fecho os olhos — não para fingir de cego, é para me lembrar melhor. Fecho os olhos. Desaparece a Rua da Ladeira. Desaparece a Rua da Praia, com seus hippies, seus negros de cabeleira afro, os corretores de ternos berrantes, os maconheiros, as lojas de discos, os magazines — tudo se desfaz, tudo se dissolve. Estou no alto de uma coxilha verdejante, rodeado de bois que pastam tranqüilamente sob o sol. Sou de novo guri, paulista, na fazenda de meu pai. Olha, lá vem ele, montado em seu cavalo, a peonada galopando atrás. Vão cercar a boiada. Vão separar as reses que serão depois vendidas. E abatidas. E carneadas. E assadas, e comidas. Pronto: passou a minha infância.

É. Passou.

Qual é o problema, paulista? Passou depressa demais? Ah, e eu ia te contar a minha infância dia por dia? Hora por hora? Não estás querendo mais nada, paulista! Pagas pouco e queres muito! Eu aqui no meio desta cidade infernal, esta barulheira ao meu redor, eu aqui ia desfiar a minha infância para ti, ia me alongar em detalhes! Era só o que faltava, paulista. Eu resumi, está bom? Resumi. Te dei uma notícia. Tipo jornal: *Bilhete de Jânio pedindo informação sobre SET.* Esta era uma notícia de dezoito de agosto de 1961. *Correio do Povo,* podes conferir. De Jânio te lembras, não é, paulista? Conterrâneo teu. E dos bilhetes de Jânio, te lembras? Aquelas mensagens sintéticas? Sou sintético, paulista. Não tens pressa? Não exiges objetividade? Pois aí tens: síntese, objetividade.

Bom. Vou fazer uma concessão. Vou falar um pouco mais da minha infância.

Tive um bezerrinho. O nome, não lembro. Cresceu, virou boi, foi para o matadouro. Abatido. Carneado. Pronto.

Ah, ainda não chega. Quer mais, o nosso amigo paulista. Paulista é assim. Ouvi dizer, paulista, que vocês tomaram conta do país. É verdade? Pode ser. Mas desta história não vais tomar conta, estás ouvindo? Quem manda nesta história, nesta coxilha — sou eu. Eu! Mário Picucha.

O bezerrinho não era da fazenda. Criei-o no quintal de minha tia, um quintal enorme. No meio havia uma elevação, uma pequena coxilha (parecia-me muito alta, então) e, ao fundo, um riachinho. Aquele era o meu feudo, o meu reino encantado, paulista. Isto, bem antes de 1961.

Meu pai era um homem sombrio. E forte. E frio. (Pedra. Couro. Corda. Prata.) Falava pouco. Falava pouco, e cavalgava muito. Fecho os olhos e vejo-o cavalgando — agora não com a peonada, agora com meus dois irmãos. Os dois ajudavam nas lides da fazenda, principalmente o mais velho, o Artêmio, sombrio e forte como o pai. O caçula, o Milton, era um pouco estabanado, se bem que muito inteligente. Eu sou o irmão do meio — como deves ter deduzido.

Era uma fazenda grande (o pecuarista não pode viver com o resultado de uma pequena propriedade até 500 hectares, que dá seis a sete por cento de lucro sobre o capital empregado — isto diziam a dezoito de agosto de 1961, sabes? Com razão. Meu pai tinha pouco mais de 500 hectares — e mal dava para galopar.

No quintal não galopei. Eu sabia galopar, desejava ardentemente galopar, era o que eu mais queria — galopar; mas no quintal (hoje reconheço, depois de ter chorado muito) não havia lugar para um cavalo. Nem para um potro. Para um bezerro, sim. Para um lento e melancólico bezerro, sim. Para um bezerro destinado ao cutelo, sim. Para o tordilho doido, não.

Minha tia era uma mulher magra, paulista. Seca. Fibrosa. Mas limpa; e trajava decente. Uma dama à antiga. Solteirona, claro; lecionava francês para jovens da sociedade. Parece que hoje já não interessa tanto, não é?, o francês. Em Pelotas, naquela época, interessava. Isto foi antes de dezoito de agosto de 1961. (O *Correio do Povo* daquele dia: o Sindicato dos Trabalhadores em Energia Elétrica e a Associação dos Funcionários da

Companhia Estadual de Energia Elétrica resolviam desencadear uma parede. Importava-se grupos geradores de países de órbita socialista. Em Paverama, os criadores de suínos se preocupavam com a desordenada queda dos preços do porco vivo. Fanático fidelista lançava-se sobre Guevara para abraçá-lo. Guevara, paulista, estava no Brasil.)

Não cavalguei o tordilho doido, o generoso cavalo que aparecia em meus sonhos, as crinas ao vento, soltando alegres bufidos; não, não o cavalguei, ao menos em minha infância. Mas também não cavalguei o porco, este ser que brota da lama, odre de couro sujo cheio de uma banha quente e mole. A gente só descobre que o porco é um animal, um animal vivo, pelo olhinho perverso. Espiando pela pupila de um porco, paulista, terás uma visão espantosa; uma mulher gorda e nua estará te olhando, o chambre vermelho aberto mostrando pernas varicosas, pêlos ruivos e a racha — racha que ela aproximará de ti, despudorada. Espiando pela pupila, e pela racha, verás o porco nascendo da lama, flácido, bamboleante. Por este animal choravam no Rio Grande de então.

(Um chambre vermelho. Foi a primeira coisa que vi, quando acordei, no dia dezoito de agosto de 1961. A segunda coisa foi o jornal, com suas manchetes revoltantes.)

Estás rindo, paulista? E de quê, pode-se saber? Olha que agora é tarde para rir, paulista. Já passou o momento dos risos. Dos risos incontidos. És rico, paulista? És muito esperto? De que te ris?

Meu pai trabalhava muito e descansava pouco: durante o sono cavalgava sem parar, acordava tremendo nos cascos, pronto para o galope. Sei disso porque às vezes, durante o meu sono, eu galopava com ele. Emparelhávamos nossos cavalos e galgávamos coxilhas, esmagávamos macegas. Ainda hoje, paulista, se me acontece de adormecer nesta soleira, acordo tremendo. E não é do frio. É o galope do sonho.

Na realidade, contudo, cavalguei pouco. Uma vez montei o bezerro, mas — acho que até tu sabes disto, paulista — não se pode cavalgar um bezerro. Agora, porco, nunca cavalguei, a este respeito, tenho limpa a consciência. Cavalguei mulheres... Boa, esta, hein, paulista? Quando transcreveres a gravação bota entre parênteses: (Risos). Melhor ainda: (Risos incontidos). E: (Mais Risos).

Hoje, paulista, já não quero cavalgar. Me sinto tranqüilo. Aqui, nesta Rua da Ladeira, a meio caminho entre um rio repelido e uma coxilha sepultada, vivo em paz, arrecadando os tributos que me são devidos por um passado heróico. Aliás, é pouco o que recebo. Já pensei em aumentar os meus rendimentos. Já pensei em organizar um conjunto folclórico: um cabra tocando acordeona, outro violão e eu declamando. Declamo bem, paulista. E sou excelente orador. Mas prefico ficar em silêncio, enrolado em meu poncho. Falo em circunstâncias especiais. Falo para ti. Por quê? Não sei. Não é só pelo dinheiro, não. *Também* é pelo dinheiro. Mas é por alguma outra razão que me escapa agora: fugaz. Ema fugaz.

A irmã que o Rei Carlos Magno mais amava era Berta. Minha tia era a única pessoa em que meu pai confiava. Mulher enigmática, lacônica, precisavas ver, paulista, como se animava ao contar a história dos Doze

Pares de França! Em sua voz eu ouvia o retinir das espadas, o som das trombetas de guerra.

Rolando era o cavaleiro que minha tia mais amava. Rolando, paulista, o cavaleiro nascido numa caverna. Suas cores: branco e vermelho. O branco do lírio. O vermelho do sangue. Durindana era sua espada; Montjoie o seu grito de guerra — o grito que fazia tremer os sarracenos. Montjoie! Montjoie! Olha só, paulista, eu grito e os transeuntes param para olhar. Ficam rindo, os idiotas. Que sabem de Rolando? Rolando, que na batalha só fez soar sua trompa, pedindo socorro a Carlos Magno, quando já não havia esperança? Rolando que combateu até a morte em Roncevaux?

Roncevaux, Roncevaux
dans ta sombre valée
l'ombre du grand Rolland
n'est donc pas consolée?

Minha tia, declamando.

Terminei de preparar o chimarrão, folheei o jornal. Hum... Assinada a Carta de Punta del Este... Injustos sistemas de posse e exploração da terra... Substituir o regime do latifúndio...

(Lá da Banda Oriental do Uruguay, trêfegos diplomatas falavam em reforma agrária. Não longe deles, a bolinha saltitava na roleta do Cassino: isto tu botas entre parênteses. Não faz parte da Carta).

Sorvi um gole de mate. Que mais? No Teatro de Equipe davam "O Despacho". Para ti, paulista, um trecho:

Zeferino: Manuel Quincas no poder é Moça Bonita no poder. Moça Bonita no poder é povo unido no poder. Povo unido no poder quer dizer que o pau vai quebrar.

O pau ia quebrar, paulista. O pau: a arma do grosso. A Durindana? Nem sabiam dela.

Padre Bento: O pau vai quebrar? Tô aí nessa boca!

Sacristão: O diabo encarnou no padre.

Isto, paulista, era dezoito de agosto de 1961. E que mais? Ah: *Professor paulista dará aulas de inglês usando mímica.* Não eras tu, por acaso, paulista? Não tens cara de quem sabe inglês, mas mímica... Enfim, falas pouco, e isto deve ser bom para quem faz mímica. Mas, escondido atrás desse bigodão? Desses óculos escuros?

Torro Hitachi, anunciava alguém nos *Pequenos Anúncios.* Torrava Hitachi, este alguém no mesmo dia em que na Academia Nacional de Medicina: *com que idade um homem fica velho? Por que um velho fica gagá? a calvície é sinal de velhice?* — perguntava-se.

Nossa família era antiga. Era e é, a cada dia mais.

Nossos antepassados haviam nos legado duas espadas idênticas, ambas com o nome ilustre gravado nos copos. Uma estava na fazenda; outra na casa de minha tia, apoiada em ganchos de ferro cravados na chaminé de pedra da grande lareira. Nas noites de inverno minha tia sentava-se diante do fogo, o livro de história medieval sobre o colo e ficava a olhar a espada.

Sabia que longe, na fronteira, meu pai também estava sentado em sua cadeira, olhando a outra espada, esta afixada numa parede nua. E em algum lugar os olhares se encontravam; duros olhares que eles, o homem e sua irmã, terçavam como outras espadas. Horas combatiam em silêncio, a raiva contida impedindo-os de suspirar, de gemer; finalmente, por um tácito acordo se levantavam e iam se deitar, ela no seu catre estreito, ele na larga cama, junto à esposa. Dormia pouco, minha tia; logo acordava de seu sono agitado, ouvindo ressoar ao longe o som triste da trompa.

Roncevaux, Roncevaux,
dans ta sombre valée,
l'ombre du grand Rolland
n'est donc pas consolée?

Voltando do colégio, às seis da tarde. As sombras se alongavam em nossa rua tranqüila. Eu abria a grande porta da frente — aquela porta nunca foi chaveada — e espiava para dentro. Antepassados me fitavam, severos, de seus quadros com molduras douradas. Na cristaleira, os cálices enfileirados luziam com brilho baço.

— Tia — eu, a voz trêmula. Não, paulista, de medo não! Trêmula, sim; de medo não. De novo, para veres como não era medo:

— Tia!

Não estava. Eu sabia que ela não estava. Nunca estava em casa àquela hora — ia à missa, acompanhada da empregada.

— Tia!

Mas, que tia! Tia nenhuma, paulista! Eu então

jogava a pasta no sofá e corria para a sala de visitas, lá onde estava a lareira — lá onde estava a espada. Eu aproximava uma cadeira da chaminé, eu subia, eu retirava a espada de seu suporte. Eu descia empunhando a espada. Eu a erguia no ar. Eu soltava o meu grito de guerra, eu abria a porta dos fundos, eu galopava para o combate!

Torro Hitachi. Batom: café. Curso de Formação para Noivos. Reunião de amizade sino-brasileira: uma reunião de amizade sino-brasileira foi realizada com relação à permanência da China na delegação comercial brasileira, chefiada pelo vice-presidente João. L'ombre du grand Rolland.

Espada na mão direita, estandarte desfraldado na esquerda, Rolando galopava pelo quintal. Ao longe o Gigante Sarraceno, o das barbas verdes: a coxilha. Eu vinha a galope, montado no fiel tordilho; o gigante me esperava, os olhinhos maus brilhando sob as cerradas sobrancelhas verdes. O risinho cruel. Eu, zás! — uma estocada no ventre, no grande ventre. Caía, gemendo. Eu descia do cavalo, eu subia-lhe pela coxa, eu lhe enterrava a espada, até os copos, no coração. E cravava e tornava a cravar. A lâmina emergia suja de um sangue escuro e granuloso — eu tornava a cravar. Esgaravatando a ferida, eu fazia sair dali vermes cor-de-carne, roliços, viscosos, que fugiam por entre os pêlos verdes do peito e iam se esconder na boca, nas narinas.

Morto o gigante, era fácil fazer debandar os sarracenos. Fugiam como galinhas assustadas. *Eram* galinhas. Não há como negar. Agora não há como negar, paulista. Eram as galinhas do vizinho, um homem peludo e desagradável. Um turco. As galinhas invadiam o quintal — mas minha tia nada dizia. Erguia as sobrancelhas e franzia a boca num ricto de desgosto.

A luta armada me fascinava, mas o trabalho político não me deixava indiferente. Para deprimir o gigante, para minar seu elã vital, eu recorria aos estratagemas descritos nos livros: a intriga, a carta anônima, o boato, a calúnia; e ainda a métodos mais diretos: o discurso aos ventos do sul, o discurso gritado do alto da frondosa figueira, o discurso lançado em plena face do bezerro — rei poltrão que hesitava em enfrentar os sarracenos. Rei que entregaria suas terras aos arrivistas. Rei indigno. Mas já pagou, paulista: foi conduzido ao matadouro e lá abatido e carneado, sua carne vendida pelos marchantes e retalhistas. Aprecias um bom bife, paulista? Com batatinhas fritas? Com pizza? Com pastrami? Com caneloni, decerto. Alguém mexeu nesta espada — dizia minha tia, examinando a lâmina: partículas escuras sobre o metal.

Vem cá, paulista: teu nome por acaso é Piccaiolo? Não? Não é Piccaiolo? É Spadavecchia? Não é? E do que te ris?

Será sangue? — murmurava minha tia (eu escutando, oculto atrás de uma poltrona. Mas isto tu botas entre parênteses. Não costumo me ocultar. Posso recorrer a métodos indiretos, mas não me escondo. Bota entre parênteses.).

Será sangue? — Olhava ansiosa a lâmina. Mulher altaneira, digna irmã de meu pai. Cultuava as tradições, reverenciava aquela espada. — Será sangue? Será *terra*? (E se fosse terra, tia? Não te agradaria, tia. Ou te agradaria? E se fosse *sangue?* Te agradaria ou não? Se sim, que sangue? Sangue de porco, sim? Não? Sangue de bezerro — sim ou não? E sangue de gigante sarraceno, tia? E sangue de gigante sarraceno?)

Estremecia, a tia. Pela manhã tomava chá, não chimarrão; e quando me estendia a torrada, estremecia, se os seus dedos tocavam os meus. Tocava os lábios com a fímbria do guardanapo muito branco, levantava-se da mesa e ia sentar na cadeira de balanço, diante da lareira. As mãos cruzadas no regaço, balançando na cadeira, fitava a espada. Queria aquela espada sempre limpa. Desta tarefa encarregava-se a Noca, a empregada que meu pai tinha mandado da fazenda para ajudar a tia nas lides da casa. Guria esperta, robusta.

Um pouco de sacanagem, paulista? É o que estás querendo, não é? Noca te lembrou chinoca — coisa bem boa uma chinoca, hein, paulista?

Deixa a Noca para depois. Pensa no meu irmão mais velho, o que se iniciou com a vaca Carola. Isto ele não contou para ninguém, mas eu sei, eu adivinhei. A vaca... Por fora, uma criatura, escura, de grandes olhos melancólicos. Por dentro, era rosada. Por dentro, toda glândulas, uma destilaria de sucos doces e espessos, brancos. E tinha seus orifícios, pertuitos úmidos por onde meu irmão penetrava num mundo quente e acolhedor. Saía de lá tonto, aturdido; saía cambaleando, sem se dignar a lançar um último olhar para a pobre. E Carola era boa para ele. Poderia despedaçá-lo a chifradas, se quisesse, mas preferia recebê-lo. Até o dia em que, como o bezerro seu filho, foi morta e carneada.

Carola. Seis cegos, seis antigos peões cegos, apaixonaram-se pela vaca Carola. Um, agarrando os chifres, descrevia-a como dura, lisa e pontuda; outro, apalpando o focinho, falava na úmida maciez.

(Eu sei, paulista, que já ouviste esta história, e

que em vez de vaca era elefante. E daí? São histórias do povo, paulista. Peões são povo.)

Outro, agarrando a cauda, via Carola longa e envolvente. Outro, encostando-se ao ventre, falava num quente odre cheio de delícias. E o último, agarrado às tetas, nada dizia, mas pensava, como são bôas estas tetas. De que te ris, paulista? Teu nome é Leite? Não é Leite? Então, de que te ris?

Bem, paulista, vamos ficando por aqui. São seis horas: é tempo de encerrar o expediente. Quanta coisa interessante ouviste hoje! Falei-te de coxilhas, de espadas... Há mais, porém, a ser contado. Muito mais. O que sabes, por exemplo, da surpreendente renúncia?

Volta amanhã, se quiseres. Traz dinheiro — fica, porém, atento a uma possível desvalorização do cruzeiro, que implicará na imediata correção de tua contribuição.

Bota fita no teu gravador — eu sei que tens um gravador! — e volta. Gostaste das histórias, eu sei. Por trás dos óculos escuros, teus olhos brilhavam quando eu falava em espada. E teu nome não é Guerreiro! É Guerreiro? Não é. Eu sabia que não era. Está bem, volta amanhã.

DEZENOVE DE AGOSTO, SÁBADO

Ah, vieste. Eu estava em dúvida, paulista, se virias ou não. Sábado é um dia meio morto, aqui na Ladeira; mas eu não brinco em serviço. Tu, pelo visto, também não. Vai botando o teu dinheiro aí. Assim... Muito bem. Deixa eu recolher esta grana antes que um vivo passe a mão nela.

Friozinho, não é, paulista? E este vento do rio.... Olha, já estás tossindo. Lembra-te: *Fayacal Khautz impõe silêncio à tosse.* Pelo menos impunha, em 1961. Hoje, não sei, hoje está tudo virado. Com estes hippies, com estes vagabundos que infestam a Rua da Praia, a gente não pode saber mais nada.

(A verdade é que em 1961 as coisas não andavam melhores; havia uma completa inversão de valores. Estou me lembrando agora do sábado, dezenove de agosto de 1961; estou me lembrando das manchetes do jornal: cinqüenta e três mil operários em greve no

Chile, Berlim dividida ao meio por um muro de concreto, Brizola fala perante estudantes da Faculdade Católica de São Paulo — o que era aquilo? Cambada de cornos, berrei, atirando longe a cuia do chimarrão. A Júlia veio correndo do quarto, assustada; ah, ela não era bonita de manhã. Não gostava que eu a visse à luz crua do sol nascente. Mas o meu grito a perturbara. Como não gritar, com aquelas notícias? Como ficar calmo? *Aguardem notícias sensacionais para breve* — dizia um anúncio. Que notícias sensacionais a gente poderia aguardar, naquele dezenove de agosto?)

Onde é que estávamos ontem? Ah, sim. Analisávamos a minha formação.

Foi muito boa. Estudei num dos melhores colégios de Pelotas; meu pai, sabes, fazia questão disso. Iniciei-me no português — que ainda é bom, não te parece? Ouve depois a gravação que estás fazendo, e constata por ti mesmo. Eu sei que estás gravando. Por que esta bolsa preta? E por que os óculos escuros? Deixa, não precisas me responder. Mentirias, e além disto quem paga não precisa responder.

Iniciei-me no latim. Iniciei-me no francês — e sobre isto falarei mais adiante.

Iniciei-me na esgrima. Uma exigência de minha tia, com a qual de bom grado concordei.

O professor de esgrima vinha duas vezes por semana. Um homem alto e esguio, de olhos escuros e bigode preto. Vinha de charrete — o cavalo, se estou bem lembrado, e estou bem lembrado, era um tordilho. Não doido. Calmo. Cavalo calmo.

Descia da charrete, o estojo com suas armas sob

o braço. Beijava a mão de minha tia, cumprimentava-me — falava pouco — e passávamos ao salão de refeições, de onde Noca já tinha arredado os móveis. O professor tirava o sobretudo e aparecia como o grande espadachim que era: camisa de seda aberta ao peito, com punhos rendados, calças pretas, de veludo, muito justas e botas de couro macio. Fazia sibilar no ar a espada e — em guarda! — atacava-me. Lutávamos ao florete; lutávamos ao sabre. Lutávamos muito, mas por mais que lutássemos resultava eu de encontro à parede, a ponta da espada dele sobre minha carótida; eu de encontro ao piano, a ponta da espada dele em meu peito; eu no chão, ele me olhando com desprezo. Eu ofegante, ele com a respiração absolutamente tranqüila. Diga-se, paulista, que eu jamais arrojei contra ele um castiçal aceso; jamais pulei ao lustre para de lá golpeá-lo com os pés. Jamais recorri ao punhal envenenado, jamais ao revólver. Sempre admiti lisamente as minhas derrotas, procedendo, em todos os casos, como um cavalheiro. *Levante-se* — ele me dizia, e eu me levantava e partia para a luta — apenas para ser vencido de novo.

Roncevaux, Roncevaux
dans ta sombre valée
l'ombre du grand Rolland
n'est donc pas consollée?

Sombra fugaz: minha tia, espreitando por detrás dos pesados reposteiros. Era por minha vitória que ela ansiava, paulista, torcendo o lenço nas mãos nervosas? Hoje sei que não, paulista. Era o espadachim de Pelotas que lhe povoava os sonhos; era ele quem no último minuto salvava-a da sanha dos sarracenos ou da lascívia de Mandricardo.

Ligas Camponesas. Aguardem notícia sensa-

cional para breve. Isto era o dezenove de agosto de 1961, segundo o jornal.

Era pelo professor de esgrima que ela suspirava às noites, quando o vento soprava nas macegas.

Distúrbios sexuais. Doenças do sangue.

Fígado, estômago, intestino. Cura rápida. Varizes.

(Quando vi as pernas de Júlia pela primeira vez não notei as varizes. Notei-as naquela manhã em que o meu desgosto crescia à medida que eu lia as notícias. Eu estava mais amargo do que o mate, paulista. Bota isto entre parênteses.)

Outro professor particular: o de latim. Este, um ex-seminarista. Vinha nas tardes de sábado, fazendo soar a campainha de sua bicicleta na rua modorrenta. Encostava a bicicleta a um poste, prendia-a com corrente e cadeado, tirava os livros do porta-pacotes e entrava — um rapaz gordo e suarento. Cumprimentava minha tia com efusão; mas sempre recebia uma resposta seca, porque não era espadachim nem cavalheiro — era um filho de colono, ansioso por ganhar uns cobres. Minha tia mandava que fôssemos para o quintal (sábado era dia de faxina na casa; Noca esfregava furiosa o assoalho).

Sentávamos a uma mesa tosca, sob a parreira, e ali eu salmodiava os verbos latinos. Zumbiam ao nosso redor as moscas varejeiras, pendiam sobre nossas cabeças as uvas maduras, rebentando de sumo doce. A cabeça atirada para trás, a camisa aberta deixando ver a barriga peluda, o professor olhava por entre as pálpebras semicerradas os pesados cachos. Em que pensava? Com que sonhava, já adormecido? Com festins romanos? Com vinhos do vale do Pó? Zumbidos das varejeiras, latido ocasional de um cão, canto longínquo de um galo vespertino; e os roncos do professor. Cena bucólica, hein, paulista? Apesar disto, aprendi mais latim do que esgrima. Serviu-me muito, mais tarde, no vestibular. Estás rindo. De quê? Teu nome é Roncato? De que ris, então?

Meu irmão mais velho não quis estudar. Grande e forte, impacientavam-lhe as línguas; preferia galopar com meu pai pelos quinhentos e tantos hectares. Meu irmão mais moço era forte em matemática. Eu era forte em latim, e bom em oratória: os discursos que eu fazia às águas da lagoa, na praia do Laranjal! Meu pai não teria aprovado; não lhe agradavam as chicanas, as tricas da lei.

Minha irmã cantava. Minha irmã, morena como uma princesa moura, cantava. Sua voz quente fazia vibrar o ar parado sobre as coxilhas. Minha irmã, lá longe, lá na fazenda, cantava.

Júlia ligou o rádio a todo o volume. Tinha essa mania. Desliga essa merda, eu disse. Eu estava lendo o jornal. Eu estava lendo, de testa franzida, lábios apertados. Não garanto por punhos cerrados, nem por sangue a ferver, mas são bem prováveis, estes detalhes: estávamos a dezenove de agosto.

Discurso do nosso ministro Mariani em Punta del Este: *"Daqui regressamos portadores de instrumentos para transformar a face da América Latina"*. Notícia: *Guevara será recebido hoje por Jânio.*

Este prédio aí, na esquina da Ladeira, é a Biblioteca Pública. Em seu Salão Mourisco realizam-se concertos de música de câmara. Muitas vezes à noite, ouço, ou julgo ouvir, o som harmonioso da flauta doce; e então me lembro de minha irmã, que imagino a caminhar pelos campos, entoando suaves canções.

O pai tinha quinhentos e poucos hectares; mas seus campos pareciam imensos, pareciam se perder no horizonte, e sabes por quê, paulista? Porque as terras ao lado eram de um amigo dele. Mais que amigo: Sebastião Reis era um irmão. Entre as duas propriedades não havia cerca. Não era preciso. Hoje, eu tenho de me cuidar, senão os bandidos da Rua da Praia me roubam tudo. Naquele tempo — antes de 1961 — havia honra. Se pairavam dúvidas sobre quem era o dono de uma rês, o problema era imediatamente resolvido: a rês era abatida na hora, carneada, assada e comida. Depois, enquanto a peonada tocava acordeona e cantava, os dois amigos tomavam chimarrão e conversavam. Isto é: Sebastião Reis conversava. Meu pai ouvia.

Perto do ano fatídico as coisas mudaram. Sebastião Reis tornou-se arredio. Recusava — polidamente, mas recusava — os convites para o mate. E não queria mais abater reses. Dizia que estava sofrendo de úlcera, que precisava cuidar com a dieta.

Finalmente, meu pai ficou sabendo da verdade: Sebastião Reis tinha vendido as terras. E tinha vendido as terras para um colono italiano.

— Um gringo! — gritou meu pai. — O que é que um gringo vai fazer com esta terra?

Bem que sabia. Sabia que o gringo rasgaria as coxilhas com o arado; sabia que a fazenda se encheria de gente barulhenta: a mulher a fazer polenta, cantando, os filhos brigando entre si. E os irmãos, e os cunhados, os tios — a gringada toda.

— Não demora eles estão abrindo lojas, e restaurantes, e vão construir uma igreja — que vai se encher de velhas vestidas de preto! Não quero! — gritava o pai.

Foi falar com Sebastião Reis.

O fazendeiro, os olhos gachos, confirmou: está fechado o negócio, já assinei os papéis. Por que não me ofereceste as terras? — perguntou meu pai, ofendido.

— Queres saber por quê? — disse Sebastião Reis, e aí encarou firme o meu pai. — Queres saber por quê? Porque o gringo me ofereceu um bom dinheiro. Dinheiro batido. E tu não terias como me pagar. Estás mal de finanças, que eu sei.

— E o gringo, tem dinheiro? — gritou meu pai.

— O gringo tem! — Sebastião Reis pôs-se de pé, irado.

— Quanto é que o gringo tem? — meu pai, de pé, num salto.

— Bastante! Bastante! — dois berros de Sebastião Reis. Meu pai:

— Bastante? Cinqüenta? Oitenta? — três berros. Baixinho, entredentes: — Me diz, Sebastião, por quanto é que ele comprou a tua honra?

Sebastião, acuado, a espada no peito; Sebastião ainda reuniu forças para um último grito, um soluço: fora! Fora da minha casa! Fora das minhas terras!

(Bom isto, hein, paulista? Dramático. No Teatro de Equipe, após essa cena teríamos demorados aplausos, não te parece?)

Cinema no Teatro de Equipe: *Matar,* de André Cayatte. Dezenove de agosto, sábado.

Vamos ao cinema hoje, bem? — Júlia, bocejando. Nem respondi.

Ali é o Largo dos Medeiros, paulista. Ali, onde a Ladeira cruza com a Rua da Praia, muitas vezes fiquei a conversar. Digam o que disserem, o Largo dos Medeiros foi uma verdadeira tribuna, e mais: uma escola de civismo.

Isto foi antes dos marginais tomarem conta do centro da cidade. Antes do Calçadão. Eles agora até jogam futebol na Rua da Praia. De madrugada, quando tudo está quieto, e o Calçadão, molhado de sereno, reflete a luz fria das luminárias. Jogam desde a Ladeira até a Borges de Medeiros, com uma bola feita de trapos. Quase não fazem barulho; não gritam. Bufam, apenas, de cansados.

Às vezes param e ficam olhando nas vitrinas as calculadoras, os sapatos, os cortes de fazenda; admiram certos manequins femininos, os peitinhos de massa, sabes, paulista? E logo voltam ao jogo que deve terminar antes da madrugada. Eu vejo e me calo. Que mijam nas portas das lojas não é novidade para mim, nem me importa. Isto é problema dos comerciantes.

Banco da Província. Não tendo se realizado por falta de número legal a Assembléia Extraordinária, são convocados novamente os srs. acionistas, a fim de deliberarem sobre uma proposta de alteração do estatuto do Banco, que lhes será apresentada no sentido de:

a) aumento do capital social —

Meu pai tinha, oculta sob o poncho, a espada

dos antepassados. Tinha um revólver, também. Poderia ter gritado: te defende, filho de uma égua! Poderia ter aberto o poncho, revelando suas armas. Poderia ter esbofeteado o desafeto.

Não o fez. Ali, naquela casa, naquelas terras, era hóspede. Sem uma palavra, pegou o chapéu e se retirou.

Ai, paulista, são seis horas e tudo vai bem. Estamos em plena temporada de inverno; logo o centro da cidade estará cheio de porto-alegrenses ansiosos por diversão; os funcionários, os comerciantes, os pequenos industriais farão filas à porta do cinema. Um público mais seleto, um público de sociedade dirigir-se-á ao Salão Mourisco da Biblioteca, tarde haverá um concerto de bel-canto. Uma moça de olhos tristes interpretará antigas canções do medievo francês.

Os olhos dela são tristes, paulista, mas a minha vida não é de todo triste; assim como me vês, mulambento, estropiado, tenho contudo minhas diversões. Assisto televisão... Não acreditas? Pois olha: daqui deste lugar — o *meu* lugar, de fato e de direito — posso ver, através daquela janela, aquela ali no primeiro andar, um televisor... Meio-televisor. Não sei quem mora ali; mas trata-se de gente de hábitos regulares; todas as noites, das sete às onze, assistem televisão. Meia-televisão, para mim. A posição da janela só me permite ver meia-tela. Gosto muito das novelas — meias-novelas — especialmente aquelas que refletem os conflitos, meios-conflitos, sobre a terra; dois fazendeiros — dois meios-fazendeiros (dois meios-fazendeiros fazem um fazendeiro? Responde depressa, paulista, tu que és bom em cálculo) disputam uma fazenda — meia-fazenda. Gosto do fazendeiro que perde. Gosto do meio-rosto dele, aquela metade esquerda que posso ver. E, paulista, se gosto da metade esquerda, não sei por que haveria de me desgostar a direita. Algum problema, com aquela hemiface? Alguma deformidade, , alguma queimadura, algum tumor? Alguma cor esverdeada que não possa ser atribuída a um mau funcionamento do televisor ou a uma inadequada manipulação do botão das cores? E que mal há no esverdeado? No verde? No verde das sobrancelhas, do bigode? Algum ricto irado neste meio-rosto? E daí? E se há? Compreendo a ira; o que não compreendo é o riso, especialmente este teu sorriso, este teu meio-sorriso alvar. E queres saber? Me importa tanto a meia-cara que não vejo, como a face oculta da lua. Falando em lua — vi os americanos descerem na Lua... (Esta Lua com maiúscula). Meia-Lua. A propósito, paulista: os russos, não? Não desceram na Lua? Tens certeza? Ontem não? Nem hoje? Eu já sabia, paulista, só estou te perguntando porque eles podiam ter descido na outra meia-Lua. A que tu vês.

Hoje ainda não vi televisão. Em primeiro lugar, porque estás aí parado na minha frente, claro; mas também porque a janela está fechada. No inverno vejo menos televisão por causa disto: eles fecham a janela. A princípio, me revoltava o fato. Hoje aceito-o com resignação. Aceito, paulista, o direito que os habitantes daquele domicílio têm à intimidade do lar. Compreendo que queiram conservar longe de si o ar frio do inverno. Compreendo que o casal queira fornicar em paz, fora do alcance de binóculos indiscretos. Compreendo que o filho queira se masturbar em paz, compreendo que a filha queira espremer as suas espinhas, compreendo que o avô queira dormir na poltrona, roncando, compreendo que a avó queira agonizar discretamente, compreendo que a empregada queira surrupiar furtivamente os mantimentos da despensa —

compreendo, enfim, a vida dos habitantes da cidade. Mas me dá uma certa tristeza. Quando é só a cortina não é tanto; tecido diáfano, retem as imagens, mas deixa passar uma tênue luminosidade — como a do luar, sabes, uma coisa melancólica, poética. Então, se não vejo as caras — meias-caras — posso ao menos adivinhá-las; e te digo, as novelas que imagino — novelas inteiras, não meias-novelas — são no mínimo tão boas quanto as que passam na televisão.

Por mim, voltaria, o fazendeiro, o meu pai, e desafiaria o desafeto para um duelo:

— Tu e toda a tua cambada!

Se enfrentariam — todos: os fazendeiros, suas famílias, os peões, os cavalos, os bois, as coxilhas. Os homens a espada; as mulheres a faca de cozinha. Os peões a facão, a revólver. Os cavalos a patadas, as éguas a dentadas. Os bois a chifradas. As coxilhas se moveriam lentamente, a grama de seu topo eriçada; as coxilhas avançariam pelo campo, deixando um rasto de terra fresca, granulosa; as coxilhas procurariam se devorar umas às outras. No ar, os quero-queros se despedaçando a bicadas. E os ventos soprando furiosos uns contra os outros; e os regatos, tintos de sangue, desviando-se de seu curso para fazerem se chocar suas águas!

Quando fecham as persianas... Estas horrendas persianas de plástico... Aí, o silêncio e a escuridão são totais. Não é o meio-silêncio, a meia-escuridão — que ainda são suportáveis. É o banimento definitivo. Aí então me acomodo e fico a olhar para o meu disco.

Indústria farmacêutica paga por ano dezoito bilhões de royalties. Fayacal Khautz impõe silêncio à tosse.

Um disco, sim, paulista. Um disco antigo, daqueles de setenta e oito rotações; um disco de antes de 1961. Não, paulista, não o roubei; achei-o numa lata de lixo. Um pouco deformado, mas ainda daria para tocar, se eu tivesse um toca-discos. Como não tenho, rodo-o com as mãos e entôo baixinho a música. Não, não a conheço. Mas a imagino.

Canta Guasca de um lado, Tropeirinho de outro. Guasca tem voz forte e profunda; ele tende mais para o barítono, mais para o melancólico barítono. Tropeirinho tem voz fina e esganiçada, mas é muito alegre, interrompe a música com exclamações bem-humoradas. Os dois já foram amigos, já formaram uma dupla campeira; cantavam juntos em bailes, depois no rádio. Mas quando gravaram o disco já estavam separados. Tropeirinho andava dando duro na mulher do Guasca, e o Guasca decerto disse a ele, vai, Tropeirinho, vamos nos separar enquanto não houve nada, porque o dia que houver eu te capo e como teus bagos assados nas brasas e tu vais ficar com a voz mais fina do que nunca. — Nós aqui capamos, sabes? Nós aqui capamos. Portanto, te cuida. Amanhã traz mais dinheiro.

VINTE DE AGOSTO, DOMINGO

É verdade, paulista, a lata ainda está vazia. Domingo é um dia fraco, aqui na Ladeira... Anda, bota aí a tua contribuição. É para o jantar.

Como é que eu arranjo a minha comida, quando a lata fica vazia? É um problema... Eu poderia te dar boas respostas, sabes, paulista? Boas.

Já comi pombo, por exemplo.

Os pombos são raros aqui na Ladeira, mas um domingo apareceu um por aqui. Voava baixo. O que o atraía? Milho? O disco de Guasca e Tropeirinho? Não sei. De qualquer modo voava para lá e para cá diante de mim, um pombo gordo, apetitoso. Empunhei a espada e quando ele passou — zás! — decapitei-o. Ficou no ar um instante, batendo as asas, o sangue esguinchando do pescoço cortado, enquanto a cabeça rolava lá para baixo, lá para a Rua da Praia. Depenei-o e assei-o num foguinho que fiz aí na beira da calçada. Domingo é uma tranqüilidade aqui na Ladeira. Podes acender fogo que ninguém te incomoda. Comi o meu pombo descansado. Guardei uma lasca de osso dele para palito. Até hoje a uso.

Gostaste desta história, paulista? Então deixa eu te contar como é que peguei outros pombos. Com uns grãos de milho que encontrei no bucho do primeiro pombo fiz uma isca, sabes como é? Grãos de milho amarrados com um longo barbante. Veio um, bicou, engoliu e — vem a mim, pombinho!

Outro eu matei com — não com arco e flecha feitos de varetas de guarda-chuva, não — com uma zarabatana. Pedaço de cano, seta feita com osso e plumas do segundo pombo e — vem a mim, terceiro pombo! Gostaste, paulista? Outro pombo eu peguei com uma funda — uma funda que fiz com borracha de uma câmara velha e o osso de peito do terceiro pombo como forquilha. Não. Minto. A câmara não era velha, não. Roubei-a de um carro que estava estacionado aqui. Do porta-malas. Não. Minto. Não matei o pombo com funda. Eu me fingia de morto, com uns grãos de milho na palma da mão aberta — armadilha, sabes? — ele vinha, o pombinho e eu zás — Não! Minto. Não usei os grãos de milho como isca, não. Resolvi plantá-los para ter mais iscas e assim pegar mais pombos — e plantei-os ali no cordão da calçada numa nesguinha de terra — que emoção, paulista, a descoberta de um pouco de terra preta, granulosa, no cordão da calçada! Minto. Precisei arrancar uma pedra para achar terra. Ficou aquele buraco no calçamento, aquela ferida escura, que eu esgaravatei com a espada e onde depositei três preciosos grãos de milho, pensando na colheita — minto! — pensando no buraco, pensando que se aprofundasse o buraco poderia entrar terra a dentro, coxilha a dentro; e aí, cavando lenta e penosamente meu túnel, eu sairia nos subterrâneos do Palácio.

20 de agosto de 1961. *Elogios de João Goulart à China Vermelha. Guevara condecorado com a Ordem Nacional do Mérito.*

Nos subterrâneos escuros e úmidos, entre os retratos a óleo dos antigos e severos governadores provinciais; entre bustos de homens probos e ilustres; entre mastros quebrados e estátuas decapitadas; entre antigos canhões e garrafas de champanha; entre morcegos secos e pilhas de certos livros — eu emergiria do chão. Envolto no poncho, a espada na mão.

Não me fotografaste ainda, não é, paulista? Sei que estás gravando — não adianta dizer que não — mas não me parece que já tenhas me fotografado, a menos que o tenhas feito disfarçadamente, com uma dessas pequenas máquinas que agora usam. E onde estaria essa máquina, paulista? Na tua bolsa preta? Atrás de teus óculos escuros? Oculta em teu espesso bigode?

Bem: se não me fotografaste, e vais me desenhar, ou me descrever, gostaria que me desenhasses, ou me descrevesses, assim: subindo as escadas (pode ser uma coxilha ou a Rua da Ladeira), a cabeça erguida, a basta cabeleira ao vento, o poncho ondulando ao mesmo vento, a espada na mão. Não me descrevas como um mendigo sentado num portal, barba e cabeleira maltratadas e grisalhas, dentes estragados, uma perna deformada; enrolado num poncho rasgado e tendo à frente uma lata com — quanto puseste aí? Não, não me descrevas assim. Pensa em mim subindo as escadas.

Subindo as escadas, em 1961, rumo ao reduto

do demagogo, a idéia da missão justiceira bem presente no pensamento.

Minto. Não pensei em cavar um túnel. Pensei só em plantar o meu milho, em cuidar dos brotos tenros, para que ninguém pisasse neles; pensei só em vigiar feliz o crescimento das plantas.

Preocupei-me com o sol e com a chuva, com a geada. Esperei ansioso o aparecimento das espigas — como se espera um filho, sabes, paulista? E por fim veio a colheita, e eu comi o milho assado numa fogueirinha que fiz aí na sarjeta.... Minto. Acendi o fogo mas tive de apagá-lo: os brigadianos não queriam fogo aqui na Rua da Ladeira. Comi as espigas cruas. Minto. Não comi nada. Guardei-as para plantar mais milho, como faziam os gringos.

Pouco tempo depois da briga chegaram os gringos e ocuparam as terras de Sebastião Reis. Vieram em dois caminhões. Meu pai os via bem: os homens com chapéu de palha, as mulheres vestidas de preto, e as crianças — dezenas delas — sujas e barulhentas. Uma corja.

E logo os arados estão revirando a terra, arrancando o pasto — o precioso pasto que os bovinos extraem com seus dentes hábeis, as folhas verdes que digerem e convertem em carne vermelha, sangrenta, alimento de homem — conforme escrevi, paulista, num artigo para o jornal da Faculdade. Este pasto, destroem-no os gringos. Os bois, expulsam a gritos.

Meu pai cerca suas terras. Moirões, seis fios de arame farpado — uma fortuna. Meu pai pede um empréstimo bancário. Quer a cerca. Quer distância com os carcamanos.

Da terra desfigurada que foi — décadas — da família Reis, crescem talos. Que é? Trigo? Milho? Meu pai não sabe, não quer saber. Sabe, isto sim, que dali sairão grãos, comida para gerar panças flácidas, bundas caídas. Carne não sairá daquela terra. Nem carne, nem sangue. Milho, talvez.

Minto. Nunca plantei milho. Sempre comprei minha comida, com os rendimentos obtidos da ocupação, de fato e de direito, deste lugar aqui na Ladeira.

Lavradores fluminenses defendem a tiros a terra que trabalham. Isto era o vinte de agosto de 1961, paulista. Isto era o que eu lia, a minha ira crescendo, enquanto Júlia, se maquilando, cantarolava na frente do espelho e o chimarrão esfriava na cuia.

A propósito — queres um mate, paulista? Não queres? É bom que não queiras. Estou sem erva-mate. Aliás, sem cuia também. E sem bomba. Esses tempos comprei uma — me roubaram. Roubam tudo. Roubam, saem correndo pela Rua da Praia e aí, adeus. Como é que vou correr atrás deles, com esta perna entrevada? Roubam fácil. Pouca vergonha. Se não me cuido, paulista, me roubam até este ponto; sabem que o lugar é meu — há anos, hein? desde 1961 — mas nem por isso deixam de tentar. Se eu pudesse, cercaria isto aqui de arame farpado. Mas não posso. Então luto. Ergo minha voz contra os insolentes; neste vale sombrio, paulista, a sombra do grande Rolando não encontra consolo. Nem descanso. Ergo minha voz, mando-os embora. Em geral vão, sem discutir muito, esmolar nas filas de táxi ou às portas dos cinemas.

Houve um que teimou. Um que não quis sair. Um sujeitinho vindo do interior de Santa Catarina. Do mato. E perneta. Tinha perdido a perna num acidente, na construção em que trabalhava.

Aleijado, mas ambicioso. Não se contentava em ser camelô, em vender pentes e fitas métricas. Fazia planos: abrir uma pequena loja, depois outra maior, e maior. Berrava como um possesso, apregoando suas mercadorias. Eu o adverti várias vezes: este lugar é meu, catarina, tu estás invadindo a minha zona, estou perdendo a paciência.

Não me respondia. Era arrogante. Me olhava como se tivesse o rei na barriga. (Que rei, catarina? Carlos Magno? Carlos Magno, de armadura e tudo? Carlos Magno e seu castelo? Carlos Magno e seus cavaleiros? Carlos Magno e o grande Rolando? O grande Rolando com sua espada?)

É verdade que progrediu... Vestia-se bem. Uma vez comeu galinha assada. Galinha assada! Aqui mesmo, na minha frente. Comia e me olhava. Quando terminou, tirou do bolso um graveto. Com a faca, extraiu do graveto uma lasca; e com a lasca começou a palitar os dentes podres. E aí já com o olhar perdido. O olhar fora deste mundo.

Ficou doente. Tétano, sabes? Da lasca do graveto. Quem me contou foi um bilheteiro que estava baixado na mesma enfermaria da Santa Casa. Morreu em meio a convulsões, paulista. Coisa horrível.

O bilheteiro disse que os médicos não podiam descobrir de onde o catarina tinha pegado o tétano. Se tivessem me perguntado, saberiam. Foi o mato, doutores, o mato de Santa Catarina. Foi o longo braço do mato que recolheu o homem. Foi o castigo da arrogância.

No jornal, amenidades, piadas:

O médico — Deram bons resultados aqueles pós que eu receitei ao seu marido para curá-lo do vício de beber?

A senhora — Sim, doutor, ele já não bebe mais. Morreu.

Júlia, lendo o jornal por cima de meu ombro, riu. Eu não via motivos para risos. Anunciavam a greve no serviço de Energia Elétrica do Estado. Rir de quê? *Lavradores fluminenses defendem a tiros as terras que trabalham.* Rir de quê? *Cestas de Natal Amaral.*

Meu pai via a estância invadida por bandos — do norte, os catarinas, do oeste, os bolivianos e os paraguaios, todos os castelhanos, do leste, os pêlos-duros de Mostardas, do sul, os patagões.

No rastro dos gringos vêm os invasores, pisoteando o fino pasto. Famintos se atiram aos touros de raça e os carneiam e devoram a carne ainda crua, pingando sangue. Pretendendo se livrar do frio e dos reumatismos se enrolam nos couros fumegantes. Se embriagam. Invadem nossa casa. Violentam a princesinha.

Quem poderia detê-los? O piquete dos peões fiéis? O tordilho doido à frente de sua brava manada? Ema fugaz? O espadachim?

Finalmente consegui derrotar o professor de esgrima — é verdade que ele estava sofrendo de reumatismo. Entrei no Ginásio. O intrépido guerreiro já tinha despertado, então, e estava pronto para o combate.

A professora de francês... Amiga de minha tia, mas diferente de minha tia. Alta como minha tia, e o mesmo porte aristocrático; gargantilha e camafeu; mas boca carnuda, e tetas gostosas, e umas coxas, e um traseiro — hum! Essa senhora, paulista — o francês me agradava muito, paulista. Muito.

E ela sabia. Me olhava bem nos olhos, enquanto recitava com sua voz grave e melodiosa, sua voz um pouco rouca, sua voz afrodisíaca:

Roncevaux, Roncevaux,
dans ta sombre vallée
l'ombre du grand Rolland
n'est donc pas consolée?

Não, paulista, a sombra do grande Rolando não encontrava consolo nem descanso. A sombra do grande Rolando vagueava pelas noites pelotenses; a sombra do cavaleiro estava encarnada no jovem Mário — e não lhe dava trégua, não o deixava dormir. A sombra do grande Rolando fazia soar a trompa de guerra, convocando o jovem guerreiro para que viesse, espada em punho, resgatar a sua dama das mãos dos bárbaros. Resgatar as coxas de sua dama, os seios de sua dama, a boca sensual — tudo.

Foi minha professora três anos. Nos dois primeiros — fantasias, sonhos torturantes. Noite após noite resgatando-a dos bárbaros, do Cavaleiro Negro, dos patagões — para nada! O guerreiro, amanhecia murcho, exaurido — para nada! Conquista fugaz!

No terceiro ano resolvi ousar. Resolvi me aventurar em terras estranhas.

Mandei-lhe, dentro de meu caderno de temas,

um bilhete amoroso escrito em papel azul, perfumado. Nele eu descrevia os sofrimentos de um cavaleiro diante da indiferença de sua dama.

Respondeu-me por escrito — e com impropérios! Coisa de gaulesa grossa, à tinta vermelha, por cima do meu tema caprichado! Que eu me colocasse em meu lugar, e assim por diante!

Foi aí que mostrei minha vocação para a luta política.

Eu poderia ter-me desesperado — certo, paulista? Poderia ter-me deprimido, poderia até ter-me matado. Mas não; agi friamente, calculadamente, colocando a paixão (à qual não renunciei, hein? Não renunciei. Não sou como certos) a serviço da razão. Esperei-a depois da aula — não quis falar comigo, mas segurei-a — e mostrei a prova irrefutável contra a sua conduta: desaforos escritos no caderno de um aluno. Deu-se conta, ficou alarmada, tentou me arrebatar o caderno. Não conseguiu. A esgrima tinha-me dado uma flexibilidade ímpar.

Decidiu barganhar. Ofereceu-me dinheiro pelo caderno. Não aceitei. Era a ela que eu queria... Fiz a proposta. Recusou, indignada. Mas concordou em me beijar. Eu já ia respondendo que era pouco; mas então vi lágrimas em seus olhos e às lágrimas, paulista, nenhum cavaleiro resiste. Beijamo-nos ali, num desvão do corredor. Desvencilhou-se de mim e partiu com o caderno. No dia seguinte devolveu-o — sem a folha comprometedora.

Cestas de Natal Amaral. Ponto por ponto o Simca Chambord é o mais bem equipado de todos os carros nacionais.

Depois voltaremos a meu irmão. Falemos, paulista, da Noca.

Não era bonita, isto não. Era até feia, os beiços grossos, os cabelos um pasto seco. Mas qualquer faísca a incendiava. Estava sempre pronta para mim.

Grande e gorda. Eu, na época, era pequeno e magro. Até hoje sou pequeno e magro — mas forte, paulista, toma tento. Forte. Eu subia por ela acima. Eu a escalava, aquela criatura dura e forte, aquela rocha gigantesca. Eu procurava matinhos, grutinhas. Eu evitava as cavernas de onde saíam até morcegos chupadores de sangue. Eu acariciava as tetas, surpreendentemente pequenas. Cabritinhos.

Que, paulista? O rei Salomão já disse isto? E daí? Faço, paulista, minhas as palavras dele. Tens alguma coisa contra?

Foi assim que me tornei homem. Não foi tão ligeiro, não. Primeiro, o guri foi se levantando, meio tonto, meio desajeitado, espiando ao redor e perguntando quem era e onde estava. O guri aqui embaixo, sabes.

Depois da Noca ele se adestrou. Aprendeu a se comportar como um esperto guerreiro, escondendo-se atrás da moita e aparecendo no momento preciso... Te conto estas coisas porque te chamas Sátiro. Ah, não te chamas Sátiro. Mas queres saber de tudo, de todas as sacanagens.

A propósito, és turista, meu? És destes de camisa colorida e máquina a tiracolo? Se és turista, decerto chegaste aqui, no teu carrão paulista, desembarcaste, e: o que é que tem para ver? o que é que tem para comprar? o que é que tem para comer? — foste perguntando e metendo o nariz em tudo.

Se és turista, já sei que compraste um pelego para servir de tapete no teu quarto, um casaco de couro, um garrafão de vinho da colônia; já sei que comeste churrasco de espeto corrido; já sei que viste Gramado e Canela, e um espetáculo folclórico. Mas tudo isto decerto não te satisfez, então te disseram: se queres ver um cara gozado, vai ali na Rua da Ladeira, fala com aquele sujeito que está lá de capa campeira. Por um trocado, ele te conta uma história comprida, uma história incrível.

Enquanto meu pai e meu irmão mais velho — aquele soturno — cavalgavam pelas coxilhas, meu irmão mais moço chegava a Pelotas para estudar. Hospedou-se também na casa da tia. A casa era grande. A comida farta. A Noca, boa. Prestativa.

Enquanto meu pai e meu irmão mais velho cavalgavam, eu ia escrevendo minhas trovas. Eu tinha jeito para a coisa — para a poesia, digo. Cheguei a pensar numa coisa mais séria, mais longa, uma espécie de poema épico, tendo como tema os pampas, a ema fugaz, sabes? Talvez ainda faça isto.

Meu irmão mais moço, que não gostava muito de camperear, veio para Pelotas estudar. A tia alojou-o junto comigo, no mesmo quarto.

Ficamos amigos logo, logo. Era um rapaz vivo e esperto, com muito jeito para os cálculos, para a mecânica, para as coisas práticas. Quatro anos mais moço que eu — mas me dava gosto conversar com ele. Deitados em nossas camas, ao fim da tarde, palestrávamos. O sol caía. (No horizonte, fugia a ema fugaz.)

Ema fugaz.

Em minha mente, ema fugaz resulta em duas visões distintas.

A primeira é a de seu nascimento, que começa paradoxalmente por uma morte.

Isto se passa na estância, à hora do crepúsculo. Na varanda da casa, nós: pai, mãe, os irmãos, a irmã. Toco acordeona, a irmã canta. A voz cristalina faz vibrar o ar fino do campo.

O pai sorve o chimarrão, pensativo. A mãe borda. O irmão mais velho olha, taciturno, os bois que pastam. O irmão mais moço desenha alguma coisa.

De repente, uma gritaria. São os peões, a cavalo. Trazem, presa no laço, uma ema que capturaram no campo. Grande ave, assustada e enraivecida. Numa das patas, as boleadeiras, ainda enroladas.

Risos. Todos riem (menos o macambúzio Artêmio, claro). O pai sorri. Olhamos, divertidos, a luta dos peões com a ema.

Em determinado momento a bicha se liberta — e é contra meu pai que investe! Sobe os degraus da varanda, quer patear, chega a levantar a pata. Contêm-na a tempo os peões.

O pai está furioso, vê-se. Não tolerará a audácia da grosseira criatura. Entra em casa, volta de lá com a espada.

Manda que soltem a ave. Os peões vacilam, incrédulos. *Soltem!* Soltam. A ema hesita, atarantada. Uns passos para a direita, uns passos para a esquerda, o olho maligno fixo em nós. Parece que vai fugir.

O pai salta da varanda e desfere um golpe de espada. Um único golpe. O sangue espirra do pescoço da ave decapitada que ainda corre um pouco e tomba, o corpo sacudido por convulsões.

Silêncio. Ao longe, muito ao longe, na Argentina, talvez, o grito de um quero-quero. Mas ali, na estância, silêncio.

Os peões, ainda desconcertados, optam por rir. Um ri, outro ri, e logo estão todos rindo e gracejando. Recolhem o corpo. Carregam-no para o galpão. Pretendem depenar a ave. Pretendem aproveitar as plumas para espanadores, adornos, artigos de pequena indústria. O pai — ainda ofegante — entra em casa. A mãe segue-o O irmão mais velho salta em seu cavalo e sai a galope. O irmão mais moço segue os peões: curioso, quer ver como trabalham no corpo morto da ema.

No terreiro, diante da casa, a cabeça decepada da ave.

Minha irmã olha fixo aquela cabeça.

Desce lentamente os degraus, abaixa-se, examina com atenção o bico sujo de sangue, o olho vidrado que o vento já começa a ressecar e a cobrir de uma fina camada de poeira vermelha. Tira da manga um lenço de seda, desdobra-o e enrola nele a cabeça.

Entra em casa, vai para o quarto. Coloca na mesa de cabeceira o lenço com a cabeça. Parece uma flor, este lenço; entre as pétalas da flor espia, iluminado por um raio do sol agonizante, o olho. Olho súplice? Olho zombeteiro?

Estende os longos e finos dedos, pega a cabeça, aninha-a entre os pequenos seios. Não está quente, a cabeça, já perdeu o seu calor — mas parece palpitar. Ou é ela quem palpita? A moça?

Despe-se, deita-se. À mãe, que bate à porta, diz que não quer jantar, que está com sono. Mas não consegue dormir; revolve-se no leito, quieta. Por fim, levanta-se e sai. Leva na mão úmida a cabeça da ema.

Vagueia pelo campo; e canta, os olhos cheios de lágrimas.

De repente — sem se dar conta que é sexta-feira, que há luar, que é quase meia-noite — se atira ao chão, no sopé de uma coxilha. Com dedos trêmulos esgaravata a terra úmida, abre um buraco. Deposita ali a cabeça da ema, cobre-a.

E corre para casa. O pai e o irmão mais velho já galopam pelos campos, a chamá-la.

Deita, cobre a cabeça com o lençol.

Deveria se sentir aliviada... Mas seu sono é inquieto e só meses depois, voltando à coxilha onde sepultou a cabeça, vem a descobrir por quê.

No local formou-se uma pequena saliência, uma tumoração que cresce dia a dia; não chegando, porém, a ultrapassar os vinte centímetros de altura. Não chega a ultrapassar esta altura, porque se abre antes — e justamente numa noite de sexta-feira, numa noite de luar. Diante dos olhos assombrados da moça, única testemunha, sai da terra uma criatura viva, uma ave de plumagem rala. Jovem ema! Já nasce orgulhosa: é de desafio o olhar que lança à jovem. Esta estende-lhe os braços, mas antes que possa dizer vem meu amor, já a ema some no horizonte. Daí em diante aparecerá somente nas noites de luar, a silhueta grotesca se destacando ao longe. É enorme esta ema, é a ema fugaz — e esta é a segunda visão.

Na sua versão mais moderna — e isto já de acordo com o meu irmão, gênio, repito, gênio para a mecânica, para a física — a ema consta de uma leve armação, recoberta por uma pele sintética, à qual estão coladas as penas — estas, de efeito meramente decorativo, mas nem por isto menos vistosas. A propulsão deste mecano é assegurada pelo seguinte mecanismo. No bico (sempre aberto), existe uma espécie de funil, pelo qual o ar é captado, sendo então conduzido por um tubo de plástico que desce pelo pescoço, a um compressor situado no corpo da ave. O ar, comprimido, é dirigido a dois sistemas de pistões — um nas patas, outro nas asas. Ao correr, a ema não só move as patas, como bate levemente as asas (o movimento destas têm finalidade exclusivamente lúdica. Não é essencial para o deslocamento da ema.)

De que te ris, paulista? Teu nome é Emanuele? Não é? Então de que te ris?

Meu irmão, paulista, nunca sugeriu que seu protótipo fosse algo assim como moto contínuo. Sempre reconheceu que alguma forma inicial de energia teria de ser fornecida à ema mecânica — isto, antes mesmo de concebê-la. E esta energia ele encontrou no ar comprimido. Ar que, graças a Deus, nunca faltou no Rio Grande, e que é injetado, por um fole, diretamente no compressor. O fole faz parte do equipamento que acompanha a ema.

Meu irmão era engenhoso. E esperto, também. Dele foi a idéia dos bois empalhados. Idéia salvadora. Te figura a seguinte situação:

Meu pai está precisando dar em garantia de um empréstimo as terras e os bois. As terras — quinhentos e tantos hectares, quinhentos e três; mas os bois são poucos. Dizima-os a aftosa. Até que chegue o homem do empréstimo, preocupa-se o pai, não haverá mais bois. Não diz, mas pensa. Meu irmão adivinha, e dá um jeito.

Orienta os peões na matança dos bovinos doentes: dão um talho no ventre e por aí vão entrando, retirando carne, vísceras, nervos, tendões, vasos — tudo. Mas sem estragar o couro. Por fora o couro está tão perfeito como se o animal estivesse vivo.

Enchem o couro de pasto seco, costuram a barriga. No lugar dos olhos, bolitas de vidro.

Os peões tomam nos braços estes animais secos e os conduzem ao galpão. Dormirão com eles — para que ninguém saiba de sua existência — até o usurário chegar. Um dia antes serão colocados no pasto; e ali ficarão imóveis. O vento não os derrubará; têm, cravados nos casos, longas hastes de metal, que os fixam à terra. Têm ainda contrapeso nos ventres. E porcas de metal amarradas nas caudas.

O irmão mais velho, o bizarro, não concorda com estas manobras. Não é direito, diz. É coisa de ordinário, de safado. O irmão mais moço: ah, é coisa de safado? — resolve se vingar.

Uma noite, introduz no quarto do mais velho um boi empalhado. O mais velho, que tem sono agitado, acorda e dá com o animal ali, ao pé de sua cama! Com um berro, pega o facão e atira-se sobre o boi.

O doido! Quer luta — e luta não há! Quer vísceras, quer sangue — nada! Palha! Quer matar o que já está morto! Quer se vingar e não consegue se vingar! Chora de raiva!

Três noites depois, o travesso do meu irmão mais moço introduz no quarto do Artêmio um touro — desta vez vivo.

O irascível acorda de seu sonho agitado e dá com o animal ali. Assusta-se, salta da cama e acerta um pontapé na cara do animal. E já leva uma chifrada! E outra! Rola para baixo da cama. Bufando, a fera derruba móveis, rasga o colchão e os lençóis, pisoteia roupas. Arma um prodigioso salto e desaparece pela janela em meio a uma chuva de vidros estilhaçados. Embaixo da cama meu irmão mais velho murmurava: não pode ser, é sonho! Me salva, meu pai, deste sonho!

Sonho? Mas nem no sonho, nem na realidade da madrugada cuja luz se filtrava pela janela aberta, nem em um nem em outro meu pai apareceu. Não veio com a sua espada vingadora, não estripou o bicharroco, não fez correr no chão do quarto um riacho de sangue, não semeou vísceras escorregadias nos ladrilhos. Mais tarde, meu irmão ganhou um tapete de couro para pisar nas frias noites de inverno; mas não era de touro algum, e sim de um triste boi que tinha morrido sem glória. Não perdoou meu pai por não ter vindo em seu socorro; estava trepando, dizia entre dentes, esqueceu o filho, o primogênito. Odiava o pai, mas ficou na estância. Não quis vir para Pelotas estudar.

Os dias de Pelotas. Os doces de Pelotas, paulista! Só de lembrá-los me dá uma água na boca e me vêm lágrimas aos olhos... Choro, e não me envergonho: choro. Pastéis de Santa Clara! Minha tia era uma grande doceira. Bem-casados e rocamboles adoçavam minha boca, o rico açúcar penetrava no meu sangue — e adivinha o que eu fazia com aquela energia, paulista. Adivinha! O guerreiro não repousava, paulista. O guerreiro percorria como um fantasma inquieto as noites pelotenses — silhuetas de casarões recortadas contra o céu enluarado, o vento frio arrastando farrapos de papel: poemas inconclusos, partituras de óperas. Cartazes de propaganda eleitoral. O guerreiro trotava, inquieto como um potro, por vielas estreitas. O guerreiro terminava voltando para casa e batendo no quarto da Noca.

Era rebelde, a serva. Muitas vezes não queria, lutava. Mas eu a vencia sempre.

Ela subjugada, eu, cavalgando-a, não saía a galopar pelo pampa, não soltava nenhum grito de índio charrua. Fazia meu trabalho de homem e pronto. Depois ficava a andar pelo grande quintal, mascando um talo de jardim e olhando para a lua. Longe, muito longe, a princesinha entoava madrigais.

De que te ris, paulista? Teu nome é Carolo? E então? De que ris? E por que te escondes atrás de bigodes? E dos óculos escuros — agora que a noite cai?

Meu irmão mais moço é que gostava das histórias do guerreiro.

Eu andando pelo quintal, ele levantava da cama — isso eram duas, três da manhã — e vinha ao meu encontro, uma manta de carne crua na mão.

— Vamos fazer um churrasco?

Fazia fogo na churrasqueira do quintal, assava a carne. Ficávamos comendo, sentados na grama, o céu estrelado sobre nossas cabeças, eu contando histórias. Ele me ouvia, delicado, a boca aberta, o queixo lambuzado de gordura luzindo ao clarão das brasas.

Estou cansado, paulista. Cansado de falar. És um bom ouvinte — tão bom quanto o meu irmão — mas acho que por hoje chega. Olha, já anoiteceu, está na hora de tirares os óculos escuros.

Por hoje chega. Volta amanhã, se queres. Mas não esquece da tua contribuição.

VINTE E UM DE AGOSTO, SEGUNDA-FEIRA

Chegaste tarde, paulista. Por onde andaste? Te confesso que já estava preocupado. Tem havido muito assalto por aí ultimamente, e tu com esta tua bolsa preta... É verdade que os teus óculos escuros e o bigodão assustam um pouco. Mas os malfeitores estão ficando cada vez mais atrevidos. Depois, olha aí a lata: duas, três moedas. Segunda-feira é um dia azíago; segunda-feira de fim de mês é ainda pior. Depois, este pessoal aqui do centro... Uns grossos. Não sabem valorizar as histórias que eu conto. Talvez fosse o caso de mudar de ponto, de procurar um bairro mais rico. Mas estou irremediavelmente ligado a este cenário. Preciso ver o Palácio, entendes? Preciso me certificar que o prédio está ali, que não sumiu durante a noite.

Por onde andaste? Fizeste um pouco de turismo, decerto? É bom, paulista, quando se tem as pernas inteiras. Eu, se pudesse, te serviria de cicerone, palavra.

E por uma módica taxa. Mas caminho com muita dificuldade. Posso no máximo te dar algumas indicações. Um roteiro histórico do centro de Porto Alegre.

Sobe a Ladeira. Deixarás à direita o Teatro São Pedro — que melhor adjetivo para ele, senão vetusto? Vetusto. Famosos sopranos já cantaram nessa Casa. Mas esquece o Teatro. A esta hora não dão espetáculos. Atravessa a rua e chega à Praça da Matriz propriamente dita.

Estátua de Júlio de Castilhos. Chega-se a ela por uma escadaria, ladeada por cães de bronze, sentados, as patas dianteiras estendidas. Dois cães fiéis. Da raça setter, creio. Não se trata de cães danados; são dedicados vigilantes. Infelizmente, porém, estão de costas para o monumento, de modo que não vêem o que se passa atrás de si. Se vissem! Ah, se vissem! Se levantariam irados, rilhando os dentes de metal esverdeado! Porque um dragão — um verdadeiro dragão com corpo de réptil e asas — se ergue, ameaçando a figura do patriarca rio-grandense. Júlio está rodeado de figuras torturadas (pressentem o perigo, talvez) mas a seu lado quem se apresenta, de pé, com a invicta espada? Quem, senão o guerreiro? (Rolando? O fiel Rolando?). Atrás do obelisco — o altivo, misterioso cavaleiro. (É o tordilho doido que ele monta?). Com este cavaleiro e com Rolando, pode o patriarca contar. É do bronze que estamos falando, paulista, do bronze e da pedra: olha ao redor e verás que a Praça está guarnecida de figuras de pedra. Na frente do Palácio uma, nas torres da Catedral outras. Pedra e bronze, estas efígies tiveram de assistir, impassíveis, aos acontecimentos daquele agosto de 1961.

Prosseguirás. Atentarás para as caras dos índios no lado esquerdo da Catedral. Caras arreganhadas, ferozes. Notarás os traços que, na face, correspondem a pintura de guerra. Observarás os punhos cerrados sob as cabeças. (Estes índios nada mais são do que isto: cara e punhos. Mas, em pedra, esta ferocidade atemoriza os mais tímidos.)

Esta praça, que é suavemente inclinada — lembra que estás numa coxilha — tu a descerás, olhando, à tua direita, os prédios antigos, entre os quais o Forte Apache.

Hesitando um pouco, acabarás por entrar na Biblioteca. Observarás antes a porta trabalhada. Atentarás para a carinha esculpida, a carinha de um homem, em relevo — trata-se agora de um homem branco, de feições finas. No futuro, descreverás esta face: a testa vincada de preocupação, em flagrante contraste com a língua que se projeta faceta entre os dentes.

Te dirigirás à Portaria. A funcionária fará perguntas acerca da bolsa preta que carregas contigo (bolsa que, eu diria, quase faz parte de tua figura). Se esta bolsa contém material de pesquisa, ela te dirá, poderás levá-la contigo, desde que te dirijas ao subsolo; mas se não contém material de pesquisa, não poderás entrar com ela na Biblioteca. (Uma precaução lógica, sem dúvida inspirada pelas constantes e alarmantes notícias acerca da presença de ladrões e facínoras no centro da cidade).

Hesitarás. Um homem, a teu lado, estará olhando fixo para o teu rosto inescrutável. Rapidamente entregarás a pasta à funcionária que, ao pendurá-la no gancho, dirá, brincando: mas pesa, moço, o que é que tem aí dentro?

Nada, dirás. Receberás o ticket e entrarás no

salão de leitura, passando rapidamente pela estátua, em bronze, da mulher a segurar um lampadário. Apressado, não notarás a face torturada desta figura feminina, que parece proteger a cabeça com a mão (um símbolo perfeito, paulista, do vinte e um de agosto de 1961). Chegarás então a um amplo salão de leitura.

Procurarás uma mesa no fundo. Estarás muito preocupado em espreitar a porta (o homem? Parece que sumiu). Mas atenta para as colunas de mármore, para o teto ricamente pintado. Não se trata de nenhum teto de Capela Sistina, paulista, porque também não temos aqui nenhum Miguel Ângelo bicha, sabes? Não temos. Mas frisos dourados no teto temos.

Passam automóveis, na rua — mas aqui dentro, há silêncio. Tu, sentado, a tamborilar. Extrairás do bolso uma folha de papel e uma caneta e te porás a escrever qualquer coisa. Para disfarçar? Ou porque é teu ofício anotar, informar? Mas quem és, paulista, afinal? Jornalista, escritor, historiador, curioso, espião, ou o quê?

Depois de algum tempo te levantarás, te dirigirás até o vestíbulo. O homem não estará mais na Biblioteca; estará na Praça, olhando interessado os cães de bronze — portanto de costas para ti. Será um turista, ele? Vacilarás um instante e subirás.

Ao fim do primeiro lance de escadas, outro pequeno vestíbulo com poltronas guarnecidas por estranhas figuras de madeira (mitológicas, talvez): da cintura para baixo, pernas de ema fugaz; da cintura para cima, linda mulher, com peitos empinados. Júlia.

Outra estatueta: mulher segurando uma lâmpada. Mulher de bronze, como a de baixo, mas jubilosa, erguendo para o céu o rosto sorridente (subindo as escadas as coisas melhoram, não é, paulista?) e segurando na mão, bem alto, uma espécie de flor, cuja corola de vidro brilha, graças à lâmpada que oculta (cem velas, talvez mais). E há um vitral: águia segurando livro. de José Bonifácio. Ao lado dele um porta-chapéus com espelho que reflete o dorso da sorridente mulher de bronze.

Passarás então ao Salão Mourisco. Encontrarás as cadeiras arrumadas para um concerto; e repara, paulista, no teto e nas paredes, em esplêndido estilo mourisco. Sobre um armário de livros, o lema que tu, ignorando o latim, não saberás interpretar: *Victor qui se vincit.* É vencedor, paulista, aquele que se vence. Aquele que como eu renuncia à própria perna. Aquele que como eu prefere descrever o Salão Mourisco a entrar nele. Nunca mais consegui subir aquela escadaria, paulista. Nunca.

Sob uma réplica da esfinge, a frase enigmática: *só a esphinge* (com ph; sic, paulista, sic) *não morre e erguendo o estranho porte guarda, eterna, do caos das origens da idade o enigma da vida e o mystério* (com y; sic, paulista, sic) *da morte.*

(Mais adiante, paulista, falarei do enigma da vida. Quem somos? De onde viemos? Aguarda uns dias.)

Bustos de homens ilustres (nem sei se vale a pena, paulista, declinar-lhes os nomes, a ti).

Consultarás o relógio. Trinta minutos terão se passado, paulista, desde tua passagem pela porta de madeira trabalhada. Terão valido a pena, paulista, estes trinta minutos? Terão melhorado tua vida? Terão contribuído para te aproximar de teu objetivo, seja ele qual for? Ou terão simplesmente feito passar um tempo que para ti não passa nunca, emperrado como está pelo teu tédio de habitante de uma grande cidade?

Descerás, lento e cauteloso, a escada.

No vestíbulo, dois estudantes. E, claro, a funcionária em seu guichê.

Descerás mais alguns degraus. Espiarás pela porta, a princípio de testa franzida (como a carinha da porta). Aparentemente aliviado, porás, facetamente, a língua entre os dentes, esboçando um sorriso — coisa rara, em tua máscara. Te dirigirás à funcionária, a senha na mão e pedirás a tua bolsa preta. Qual? — ela perguntará, e tu — irritado porque a única bolsa preta que está ali pendurada é a tua — apontarás: aquela, dona, aquela ali, dona, vamos logo, dona.

Sairás para a rua. O sol te fará piscar, por detrás dos óculos escuros. Sondarás a Riachuelo, a Praça. Tudo te parecendo bem, dobrarás à direita, na esquina e voltarás à Ladeira, deixando para trás — e talvez para sempre — a Biblioteca. A Bibliotheca. (Com th, paulista. Sic, paulista, sic.)

Muito do que tenho aprendido devo a esta Biblioteca. Para lá me desloco, subindo a Ladeira, subindo miseravelmente a Ladeira, ora de pé, apoiado em certo objeto que me serve de bengala, ora de joelhos, ora me arrastando — ao nível das ratazanas gordas que por aqui cruzam — eu subo, paulista. Na Biblioteca encontro cultura — e calor nas tardes de inverno. Lá consulto a coleção do Correio do Povo de 1961 e recordo aqueles dias. A vinte e um de agosto o Correio do Povo não saiu. Era segunda-feira, sabes. Às segundas o Correio não sai.

Eu gostava de aprender coisas. Francês, com a professora; elementos de física e certos truques, com meu irmão; esgrima, com o espadachim.

Minha tia me ensinou a atirar.

Numa tarde de inverno. Numa tarde como esta. Minha tia sentada, diante da lareira, olhando a espada. Eu, lendo. Meu irmão no colégio.

De repente ela se levanta. Vai até o quarto, volta com alguma coisa, um objeto enrolado num pano de veludo preto.

— Vem cá — diz.

Eu ainda quero retrucar, dizer que estou lendo, mas ela repete: vem cá — num tom que não admite réplica. Levanto-me e sigo-a.

Saímos pela porta dos fundos. Caminhamos pelo quintal. Está frio; eu, só de camisa, me arrepio. Ela anda à minha frente, muito ereta.

A casa é muito limpa, cada coisa em seu lugar. O quintal, pelo contrário, é um curioso pandemônio. Coisas abandonadas, coisas desmontadas; coisas quebradas, coisas mortas. Coisas informes. Coisas ainda bem boas. Coisas podres. Coisas estranhas.

A cabeça — meia-cabeça — de uma boneca de porcelana. As rodas, quebradas, de uma charrete. A armação de uma sombrinha. A estatueta do guerreiro. As presas da cobra. A pata do cão. A escarradeira. O olho.

Deste monte de coisas, a tia extrai a caveira de uma vaca (de um bezerro?). Sacode-a, para livrá-la da terra, coloca-a no topo da pequena coxilha. Recua uns vinte passos.

— Vem cá.

Me aproximo — agora curioso, agora excitado, porque pressinto que algo vai acontecer, algo novo. O sangue me lateja na cara.

Ela desenrola o pano preto e ali está, o revólver. Um belo revólver, cromado. Um grande revólver.

— Sabes o que é isto? — indaga.

Eu — ah, ah, — começo a rir, mas o momento não é para risos, isto vejo logo pela severidade com que me olha. Não está brincando.

— É um revólver — respondo, desconcertado.

— Muito bem — ela diz. — Um revólver. Mas de que marca? De que calibre? Para que serve? Como se maneja um revólver?

Não sei o que responder. Fico quieto. Ela permanece alguns segundos a contemplar a arma. Depois põe-se a falar.

Fala em marcas de armas. Fala no Colt. Fala no Smith and Weston. Fala nos calibres: no trinta-e-dois, no trinta-e-oito, no vinte-e-dois, no quarenta-e-cinco. Fala na mira. Não fala — atenção, paulista — na machine-gun. Não era o caso. Mas fala um pouco no tambor, e nas balas. Interrompe-se bruscamente:

— Agora chega. Vamos ao que interessa.

Aponta para a caveira no topo da coxilha.

— A aspa do lado direito! — grita, e dá ao gatilho.

A aspa voa em estilhaços. Sem um comentário, ela me estende a arma:

— Agora tu. A aspa do lado esquerdo.

Empunho a arma, meio desajeitado. Ela me corrige a posição — mas sem muita paciência, hein? Sem muita paciência.

— Vamos lá. A aspa do lado esquerdo.

Disparo. O soco da arma quase me atira para trás. É arma de grande calibre! Erro, claro. A aspa esquerda fica intacta.

— Atira de novo.

Atiro de novo, erro.

— Me dá aqui — ela diz, numa voz rouca, de ira contida.

Dá ao gatilho, faz voar a aspa esquerda.

— No meio da testa! — grita e atira. E mesmo dali, paulista, mesmo daquela distância, mesmo à luz imprecisa do entardecer, eu vejo o orifício negro que fica no frontal do crânio alvacento.

— Ótimo, tia — murmuro. Estou me contendo, paulista, me contendo para não chorar. Onde está minha mãe? É minha mãe que eu quero, não esta pistoleira impiedosa.

Sem uma palavra, ela me estende a arma. Os olhos nublados, faço pontaria. Entre eu e o crânio, a saliência da mira; a mira que ora sobe, ora desce, ora vai para um lado, ora para outro... Atiro. Erro.

— De novo! — Ela está quase gritando. Contém-se, repete em voz mais baixa: — De novo. É a última bala.

Ao receber a arma, uma estranha calma me invade. Minhas mãos já não tremem. A última bala? Que me importa. Aponto. Agora uma tênue neblina começa a invadir o quintal — mas a caveira lá está, bem visível.

Atiro. E aí, paulista — palavra! — acontece aquela coisa incrível: o crânio simplesmente explode. Se desintegra.

(Hoje — bota isto entre parênteses — pensando bem sobre o assunto, chego à conclusão que a minha bala acertou aquele ponto, não situado necessariamente no meio da testa, ao qual convergem todas as traves ósseas. O nó górdio do crânio, por assim dizer. Meu irmão mais moço acho que concordaria com esta explicação científica, ainda que um pouco mística).

Minha tia não consegue conter uma exclamação de espanto. Sorrindo, entrego a arma para a sua dona; a mulher armada, a mulher que não dorme às noites, a mulher que ouve barulhos no telhado e o sangue latejar em suas têmporas — onde descarregará sua arma? No telhado? Na têmpora? Na têmpora direita? Na esquerda? No meio da testa, tia?

Enrola a arma no veludo preto e volta para casa.

Nunca mais praticamos tiro ao alvo. Já não era mais preciso. Aquele revólver já era meu.

Eu tinha então dezoito anos, e estava no segundo científico. Pretendia vagamente fazer vestibular para agronomia ou veterinária. Mas de repente resolvi cursar Direito. E em Porto Alegre.

Por que mudei de idéia, paulista? É que, paulista, vagueando pelo quintal eu monologava discursos; eu falava para os espectros do pampa; eu acusava, eu defendia, eu julgava, eu absolvia. Eu me revelava como um jurista nato!

Mentira. Não sei bem porquê. Resolvi e pronto. Foi uma dolorosa decisão — nesse tempo eu estava com a cara cheia de espinhas — mas acabei por tomá-la, apesar dos palpites do meu irmão mais moço: isto não é profissão, rapaz!

Falei com minha tia. Concordou silenciosamente, com a cabeça.

Escrevi a meu pai sobre o assunto.

Meu pai era um esplêndido cavaleiro. Uma vez estava conduzindo uma tropa de bois em direção à fronteira. Apareceu meu irmão mais velho; vinha em sentido contrário, trazendo, a galope, uma tropilha de cavalos. Meu pai se pôs de pé sobre a sela. Quando cruzou com a tropilha saltou, deu uma meia-volta no ar e caiu montado num lindo baio, regressando à casa.

Meu pai era um homem enérgico. A única coisa que o fazia sofrer era a queda do preço do boi em pé.

Vou continuar no Foro — eu dizia na carta — as lutas que meu avô e meu bisavô travaram nas coxilhas. Bela frase, hein, paulista? Escrevendo-a, convenci-me: minha vocação era o Direito. Ou trovar. Mas de trovar eu não poderia viver. (Agora posso). Do Direito, sim. Orações inspiradas? Direito. Polêmicas vibrantes?

Direito. Heranças, espólios? Direito. Terras disputadas? Direito! Direito!

Meu pai respondeu, ponderando suas crônicas dificuldades financeiras. O preço do boi estava cada vez mais aviltado. Ele não conseguia empréstimo. A cerca não estava terminada; os gringos debochavam dele. Mas se quiseres cursar Direito — terminava — farei um sacrifício.

Respondi com uma única frase. *Quero, meu pai.* Numa folha de papel, esta frase, a minha assinatura, e só.

Comecei a me preparar para o vestibular. Seria difícil, para mim, cruzar o sombrio vale: eu não tinha estudado as disciplinas que entravam no exame para a Faculdade de Direito. Mas eu confiava em mim mesmo. Depois de ter despedaçado o crânio da vaca (do bezerro?) eu estava confiando muito em mim mesmo.

Em primeiro lugar, adotei um rígido programa de vida. Passei a levar uma existência ascética. Deixei de assombrar as noites pelotenses. Deixei de procurar a Noca. Atendia aos reclamos de guerreiro apenas uma vez por semana, às sextas-feiras. Libertava-o então do calabouço onde, para seu próprio bem, eu o tinha encerrado. Deixava que se exaltasse. Depois, ele mais calmo, eu voltava aos livros.

Olha ali um rato, paulista. Viste? Saiu daquele buraco e entrou no outro, mais adiante, não viste? Não poderias ver. Estás de costas, como os cães do monumento. E além disto, com estes teus óculos escuros... És cego, ainda que mal pergunte? Cegos dão maus pistoleiros, sabes.

Aqui tem muito rato, paulista. Aqui no centro, e principalmente na parte mais velha do centro. São ratos antigos; alguns descendem daqueles que vieram com os primeiros colonizadores. Quando os barcos lançaram amarras, eles desceram à terra, e aqui se estabeleceram. Habitam um complexo sistema de tocas, ligadas entre si por uma rede de caminhos subterrâneos que levam — não tenho dúvidas, mas não sei como utilizar esta noção — aos porões do Palácio.

A imagem que se tem do rato, paulista, é a de um animal de aspecto repulsivo. A cor, o longo rabo, o furtivo como se move, tudo colabora para esta impressão desagradável.

Dentro da toca, porém, o rato muda inteiramente. Com ágeis movimentos libera-se da pele, surrada e gasta; jogada a um canto, vê-se que ela não passa de um invólucro, no qual os olhos, por exemplo, nada mais são do que duas pequeninas semi-esferas de material escuro, ainda que transparente. Sem esta veste o rato revela-se um animal rosado, delicado, tímido. Modestamente, ele se recolhe a um cantinho da toca, fecha as pálpebras finas como seda, dorme. E assim é o rato na intimidade.

Estou cansado, paulista, e com sono. Pudesse eu dormir como dormi naquele domingo, vinte e um de agosto! Levantei-me às onze, almocei e — uma garrafa de vinho que tomei pode ter ajudado — voltei para a cama. Dormi toda a tarde e toda a noite. Não havia nada de interessante que me fizesse permanecer acordado; nada, a não ser as vagas ameaças que pairavam no ar. Mas mesmo estas apenas me deprimiam, não me estimulavam à vigília atenta.

Teria Júlia se aproximado de mim durante o sono? Teria me beijado na boca, murmurando palavras carinhosas? Teria tentado, em vão, despertar o guerreiro? E, não teria eu a repelido com um safanão, irritado como estava?

Não sei mais. Não me lembro. Dormindo, talvez eu sonhe com o que aconteceu naquela tarde, naquela noite.

O rato tem sonhos povoados de flocos de algodão. Volta amanhã, paulista. Sem esquecer a tua substancial contribuição.

VINTE E DOIS DE AGOSTO, TERÇA-FEIRA

Aí estás, paulista, apesar da chuvinha miúda que orvalha o teu bigode e semeia de gotículas os vidros de teus óculos escuros! Ainda bem que vieste. Eu já estava ficando apreensivo. Olha dentro da lata; que vês? Oito ou nove milímetros de precipitação pluviométrica — e nada mais. O movimento está fraco. Ninguém gosta de subir ladeiras com chuva. Não, não bota o dinheiro na lata; deixa eu tirar a água primeiro. Pronto. Agora podes fazer o depósito. De que ris? Teu nome é Argento? Não? Então não tens — como eu não tenho, e não tinha — motivos para rir.

Não tinha. As notícias de jornal não eram nada animadoras. *Le Monde tece críticas à política exterior do Brasil e à sua aproximação com o mundo comunista. Pena Boto ataca Jânio Quadros: ato inqualificável e abusivo do Presidente.* Lembro-me de ter murmurado: mas até quando vai isto? Júlia: isto o quê, bem? — não entendia nada, ela.

Era gentil. Preocupava-se com meus silêncios, queria saber o que me atormentava. Nada — eu respondia. Não era verdade. Eu estava pensando no fim que teria aquilo tudo. Aquele deboche. Alguém teria de pagar. Como o tio da Noca pagou por seu deboche.

Um conquistador, este tio da Noca, este Amâncio. Boa-pinta, bem falante, dançarino razoável. Num baile, tira uma moça para dançar. Convida-a para um passeio no bosque. A ingênua vai. Ele a derruba e a deflora.

Acontece que ela tem dois irmãos. Sabedores do fato, juram vingança. A moça — mas ela também é safada! — corre a avisar o vilão:

— Foge, Amâncio!

Pula no cavalo e foge a galope. Os irmãos vão atrás dele.

Alcançam-no três meses depois. Amâncio está escondido numa palhoça, na barranca do Uruguai. Quando os irmãos entram, ele está sentado muito tranqüilo, cortando fumo com sua faca de prata. Ainda esboça uma resistência; mas os irmãos, homens fortes, dominam-no sem dificuldade.

Amâncio subjugado, discutem a vingança. Pensam em afogá-lo — mas o que têm as águas barrentas do rio a ver com o assunto? Pensam em fuzilá-lo; não, é coisa digna demais para um salafrário. Pensam em degolá-lo, e isto ainda é muito bom, mas cortar o pescoço lhes dá outra idéia: capar.

(Aqui capamos, paulista. Anota bem isto: entre parênteses, se quiseres, mas te lembra: aqui capamos.)

Amâncio — até ali arrogante, desafiador — estremece. Recua para um canto. Os irmãos se aproximam, um empunhando o facão, outro um revólver. Tira o troço pra fora — ordenam. Amâncio obedece. Os irmãos examinam-no: constatam que é um membro grande, mas que nada tem de excepcional.

O saco também, dizem.

Aí Amâncio resolve virar bicho. Resolve lutar. Não consegue nada, claro: os dois dominam-no, arrancam-lhe as bombachas, deixam-no nu da cintura para baixo.

Surpresa: Amâncio tem um testículo só. Onde está o outro? — perguntam, desconfiados. Amâncio encolheu os ombros: não desceu, o outro bago, está recolhido ainda. Mas tu és homem? — perguntam os irmãos. — Bem homem?

Amâncio ri: a irmã de vocês que o diga...

Caem em cima dele a murros, a pontapés. Deixam-no meio desfalecido no chão. Seccionam o escroto, extraem o solitário testículo — com a própria faca do Amâncio.

Deixa passar a senhora, paulista. Já estás atrapalhando os transeuntes de novo. Senta aqui no degrau. Está molhado? E o que é que tem? De qualquer jeito estás pegando chuva.

Esta senhora que passou aí não me reconheceu — claro, nem podia, mesmo — mas eu a conheço bem. É advogada: Fez vestibular comigo. Estás sorrindo — não vou te perguntar o teu nome — mas é verdade. Fiz o difícil vestibular de Direito, fiz a tradução do texto latino, fiz tudo. Durante vinte dias, no meu quarto de pensão na Rua Riachuelo — perto daqui — aguardei o resultado. Eu precisava passar, paulista. A idéia de voltar a Pelotas, para a casa de minha tia, me desesperava. Tu vês, paulista, ela tinha-me acompanhado à rodoviária; ela tinha-me dado uma caixa de bem-casados; ela tinha-me abraçado beijado; ela tinha-me desejado felicidades e, finalmente, ela tinha-me presenteado com um estojo que, entre lágrimas, me pediu para só abrir no ônibus. Abri-o no ônibus; ali estava, enrolado em seu veludo preto, o revólver cromado. Carregado, naturalmente. Junto, um bilhete. Que eu me tornasse homem, era o que a minha tia desejava. Isto foi em dezembro; e de dezembro a fevereiro, época do vestibular, estudei como um louco. O guerreiro? Em coma, paulista, praticamente em coma. Eu não podia decepcionar a minha tia. Muito menos meu pai.

Os exames se realizaram na Faculdade de Direito, um prédio de imponente arquitetura — talvez valesse a pena estenderes até lá teu roteiro turístico... Se fores, atenta para a fachada elegante: portão de ferro, degraus de mármore. Já na entrada, terás diante de ti um vitral. Ali está a Justiça, de olhos vendados, segurando uma espada. Uma pergunta: não será a espada de Rolando? Outra: levantando os olhos para o teto, notarás, entre as figuras que ali estão, efígies femininas com asas: asas de ema fugaz?

Tetos altos. Grossas paredes. Nestas, antigos quadros de formatura: rostos severos. Fazendo os exames, paulista, eu me sentia um intruso.

Terminei as provas sem muita certeza de ser aprovado. Os dias que precederam a divulgação do resultado foram terríveis. Eu vagueava pela cidade deserta — todo o mundo na praia — suando, entrando num cinema, saindo, entrando num bar para um chope, saindo antes de terminá-lo; e tendo aqueles horríveis pesadelos à noite. Sofri o que o irmão da Noca sofreu.

Amâncio, o escroto vertendo sangue, sai berrando porta afora. Os irmãos vão atrás dele. Dominam-no, cauterizam-lhe a ferida com ferro em brasa. Depois amarram-no: o castigo ainda não terminou.

Na mesma fogueira assam o testículo, espetado na ponta da faca. E comem-no. Sempre em silêncio, sempre olhando para Amâncio. Só então soltam-no. O rapaz se levanta, olha-os e — outro berro — desaparece cambaleando no mato.

Os vingadores suspiram, montam em seus cavalos e voltam para a estância, para as lides do campo. Os dois eram peões do meu avô. Bons peões, muito cordatos quando ninguém lhes bulia com a irmã.

Amâncio, paulista? Não morreu, não. Ficou com voz fina — era o que diziam na fazenda. Não sei. Nem sei se esta história é verdade. Veio para a capital, trabalhar como servente de pedreiro — isto muito tempo antes da minha vinda. No começo do século, eu diria.

Saiu o resultado do vestibular. Corri para a Faculdade e lá estava, em quadragésimo sétimo — não entre os melhores, mas também não entre os piores — este que vos fala, paulista! O feliz acadêmico! Não pude me conter, naturalmente, e entre a pequena multidão que se comprimia ao redor do mural onde estavam afixadas as listas, soltei o brado da vitória.

Ali mesmo começaram os dissabores.

Me rodearam uns rapazinhos. Intitulavam-se

veteranos da Faculdade. Fizeram graçolas; respondi com um sorriso. Mas quando tentaram tocar o meu bigode, mandei que se afastassem. E mandei, paulista, numa voz que não admitia retruque. Eu não era o Amâncio, eu não era um capado e pretendia demonstrá-lo a qualquer instante. Naquele momento, felizmente, não foi preciso. Resolveram (acho que pressentindo a encrenca) me deixar em paz.

Voltei para a pensão e comecei imediatamente a escrever uma carta para meu pai, contando o resultado. Escrevi outra para a minha tia e corri a colocá-las no Correio.

(Os bilhetes do Jânio. Entre parênteses, paulista, os bilhetes do Jânio. Um dia ainda falaremos sobre isto. Me lembrei agora: porque falei em cartas, e porque o jornal daquele vinte e dois de agosto de 1961 os comentava. Mas não quero falar nos bilhetes do Jânio agora. Eu estava saindo para o Correio? Saí.) Um belo prédio, paulista. Torre com relógio, degraus de mármore, galerias trabalhadas em ferro.

Voltei. Eram sete da tarde, paulista, e tudo ia bem. De pé no meio do pequeno quarto, eu me olhava no espelho descascado do guarda-roupa de pinho amarelo. O que via? A figura de um jovem — pequeno, sim, mas altaneiro, de fronte erguida. Moreno, como meus antepassados da Península Ibérica. Olhar enérgico. Boca — estás prestando atenção, paulista? Atenta bem no que estou dizendo, para que no futuro, quando me descreveres, não cometas erros. Ah, eu me esquecia que estás gravando. Então, alô, alô, atenção, gravador: boca bem desenhada.

Magro. Fibroso, eu diria. Resistente. Resultado da esgrima e da atividade constante no quintal de minha tia. Os pastéis de Santa Clara tinham me fornecido o combustível, mas não tinham me engordado.

Abri a janela. Daquele segundo andar (ao qual eu subia por uma escada de madeira velha e carunchada) eu via a cidade. Já não era um intruso. A noite me esperava; mas não se tratava agora de percorrer vielas como um espectro esfomeado; tratava-se de entrar nos bares, e nos restaurantes, e nos clubes, e nos cabarés, com a dignidade que eu recém havia conquistado.

Fechei a janela, abri o guarda-roupa. Não era muito o que eu tinha ali, paulista. A tia colocara na mala todas as minhas roupas — e não era muito. Nada que se adequasse à dignidade de um acadêmico de Direito. Aliás, o quarto de pensão não era muito satisfatório; nem a pensão, dirigida por uma velha que a cada três dias me lembrava os padrões de moralidade adotados em seu estabelecimento. Para onde eu levaria as porto-alegrenses sequiosas de amor?

Decidi escrever a meu pai.

Eu sei, paulista, que tinha acabado de enviar uma carta. Mas quis enviar outra. E daí? Quem está contando a história sou eu, e na minha história eu envio quantas cartas eu quiser. Portanto, anota: escrevi uma carta a meu pai.

Não era muito o que eu pedia. Queria alugar um apartamento — pequeno, quarto e sala; queria umas roupas novas; e se possível um carro, mesmo pequeno, mesmo usado. Não, paulista, eu não sabia dirigir; mas poderia aprender, não poderia? Não aprendi a atirar?

Dias depois, eu no meu quarto, deitado, olhando as tábuas do forro, bateram à porta. Abri.

Diante de mim, um gaúcho. Um homem moço, forte, bronzeado (eu, pálido: dias encerrado numa pensão, que cor poderia ter?) Chapelão com barbicacho. Camisa xadrez. Bombacha. Botas. Sorriu, mostrando um dente de ouro, e apresentou-se como peão da fazenda de meu pai.

— Meu nome é Venâncio — disse. Hesitou: — Talvez o senhor me conheça por Bagual.

(Tinha mesmo cara de cavalo, paulista.)

Acrescentou:

— Sou irmão da Noca.

Um vingador dos pampas, paulista? Confesso que estremeci. Me lembrei do revólver, na mesa-de-cabeceira, a três passos... Longe, muito longe.

— E o que é que há? — indaguei, cauteloso e pronto a saltar.

— Seu pai me mandou aqui.

Só então vi que trazia um pacote na mão. Mais tranqüilo, peguei o pacote, mas não o convidei a entrar; deixei-o no corredor, esperando, enquanto desfazia os apertados nós (meu pai, sempre meticuloso e desconfiado).

Dentro do pacote, uma carta e um poncho — este mesmo poncho que agora uso, estás vendo, paulista? A carta, já a perdi; mas se quiseres acreditar em mim... Nela, meu pai se queixava, naturalmente, da situação; mesmo assim faria o possível para me ajudar.

Estou abrindo para ti uma conta no Banco da Província, dizia. Nenhuma palavra sobre o carro, mas aquilo já era suficiente, no momento. Quanto ao poncho, pertencera a meu avô — e era um presente por minha aprovação no vestibular.

Aquilo me comoveu, paulista. Despedi-me do Bagual e fechei precipitadamente a porta, porque já não me continha. Atirei-me na cama e chorei. Agora te conto estas coisas e tu ficas aí, com teu sorriso irônico. Teu nome é Sardo? Se não é, de que te ris?

Olha este poncho, paulista. Olha este esplêndido poncho. Toca-o. Sente-o. É forte. Parece uma cota de malha.

Foi feito com lã das melhores ovelhas da fronteira. Quem o teceu foi a minha avó. Ela mesma escolheu as ovelhas a serem tosquiadas: as mais fortes, as mais ferozes. As que passavam por sebes de espinheiros sem deixar ali um fiapo. As que investiam contra os peões. As que comiam urtiga. A lã dessas ovelhas, minha avó a fiava no velho tear da família: processo lento, muito diferente da produção em massa da indústria têxtil. Mas isto não é sintético, paulista. Isto não se apregoa macio, nem aveludado, nem acetinado. Isto é pano para homem. Flecha não o atravessa. Espada, talvez: bala, se for de grosso calibre e disparada de perto — quem sabe.

Teve um rasgão, que minha avó remendou. Aqui, estás vendo?

Isto foi de uma proeza de meu avô, na fazenda de um amigo. Era uma festa, um combate entre mouros e cristãos. Meu avô, um pouco bêbado, tumultuou o ambiente... Dava de relho num, dava de relho noutro.

Mouros e cristãos se uniram contra ele. Muito golpe o meu avô levou: de espada, de facão. Mas só um atravessou o poncho, acreditas? E nem sequer atingiu o meu avô, que saiu ileso. Para ele, paulista, o poncho era milagroso. Legou-o a meu pai, que naquele momento — solene — passava-o a mim.

Vesti-o com a emoção de Rolando ao colocar a armadura. Passeei pelo quarto; era uma noite quente e eu suava; mas jurei a mim mesmo que usaria o poncho tão seguido quanto possível.

Abri a janela. A lâmpada do quarto projetava nas pedras da rua minha sombra, imensa: nela sumiam os transeuntes que desciam a rua; sumiam por um instante e reapareciam após — mas seriam os mesmos, paulista? Eu me sentia investido de um estranho poder; eu me sentia predestinado a grandes coisas. Não decepcionaria meu avô; nem meu pai.

Meu pai era um homem bom, paulista. Morreu. De uremia. Já naquela época sofria da próstata, mas se recusava a consultar médicos: tinha medo de se operar e de perder a natureza. E aceitava seus sofrimentos com resignação; atribuía-os a uma gonorréia mal-curada e também aos milhares de testículos de touro que tinha comido em sua vida — mal e mal assados nas brasas. Testículos vivos, fervilhando de minúsculos seres que depois meu pai sentia galopar em seu sangue — acordava no meio da noite louco de desejo, puxava a mulher para si, sôfrego...

Ele mais calmo, adormecido, o sangue circulava mais devagar. Os bichinhos deixavam a torrente, penetravam nos remansos, iam se enfiando nos redis da próstata — que ao cabo de anos estalava de tão grande.

Meu pai gemia, vertendo no urinol de ágata (também herança de meu avô) gotas de um líquido escuro, sanguinolento. Não queria que o médico examinasse sua urina; não queria que descobrisse, ao microscópio, grumos de tourinhos muito velhos, de olhos tristes e remelentos. Não, paulista; quando baixou ao hospital, foi para morrer.

Ai, paulista, este poncho tem me abrigado nas noites de frio... Não fazes idéia do que é o inverno aqui em Porto Alegre. Nada sabes do vento que sopra da Patagônia, que sobe pelo pampa e pela lagoa e chega até aqui, encrespando as águas do rio. Felizmente, o poncho me protege. É uma casa, este poncho, posso te garantir.

Os ventos que sopravam naquele vinte e dois de agosto de 1961 eram diferentes. Maus presságios: *A nova guerra mundial deve eclodir em 1962 ou 1963,* dizia um astrólogo, no Correio. Eu sentia que ele estava certo. Para mim a guerra estava em marcha; as espadas estavam sendo afiadas, as armaduras afiveladas, mouros e cristãos montavam em seus cavalos e galopavam pelo pampa, prontos para o choque final.

De manhã, na Faculdade, realizou-se o concurso de oratória entre os alunos do primeiro ano. Eu estava inscrito para falar — mas, em vez de subir à tribuna, retirei-me ostensivamente da sala, irritado que estava com os absurdos que acabara de ouvir. Falava da terra gente que jamais tinha corrido pelo campo, que jamais tinha subido a uma coxilha, que jamais tinha cavalgado um tordilho! Que sabia aquela gente do preço do boi em pé? Podiam saber do preço do porco vivo — tinha aumentado, dizia o jornal, em oito cruzeiros. Porco vivo é uma coisa, boi em pé é outra — eu tinha vontade de gritar. Simca Chambord é uma coisa, tordilho é outra!

Roupa de tergal é uma coisa, poncho de lã, outra! Não disse nada, paulista, retirei-me. Em casa, Júlia me esperava. Depois do almoço, atraiu-me para a cama... E foi a salvação. Se eu tivesse voltado à Faculdade àquela tarde, paulista, teria me incomodado.

Eclodiu a nova guerra mundial, paulista? Não sei; realmente não sei, por isso te pergunto. Para te dizer a verdade, depois de agosto de 1961 as notícias deixaram de me interessar.

Mas de agosto de 1961 posso te contar tudo. Volta amanhã.

VINTE E TRÊS DE AGOSTO, QUARTA-FEIRA

Enquanto na Guiana Britânica o comunista C. Jagan vencia o pleito, enquanto se agravava a crise Jânio-Lacerda, iniciava-se no Parque do Menino Deus o julgamento dos animais. Não é incrível, paulista? Bota mais um pouco de grana aí. A anarquia tomando conta do mundo e os homens do campo assistindo a um desfile de ovinos. Bota mais um pouco, sovina. Alerta, homens do campo! — é o que eu tinha vontade de bradar — ah, agora está melhor. Naquele vinte e três de agosto, quarta-feira, era o que eu tinha vontade de gritar.

E o que me responderiam, os homens do campo? *O pau vai quebrar? Fayacal Khautz impõe silêncio à tosse? Simca Chambord é o mais bem equipado? Torra Hitachi?*

Já em março, quando, como acadêmico cruzei os portões da Faculdade, já em março, paulista, sentia-se que aquele não seria um ano comum.

No primeiro dia de aula me pediram para assinar um manifesto. Era um protesto contra qualquer coisa; contra o horário das aulas, parece. Não assino nada, eu disse, estou aqui para estudar.

O rapazinho do manifesto — magro, olhos arregalados atrás dos óculos, mau hálito terrível — ainda tentou me convencer. Colega, eu disse, este assunto considero encerrado; se o colega quiser palestrar sobre outro tema, conte comigo, caso contrário tenha a bondade de me deixar a passagem livre.

Afastou-se, resmungando.

Pensei que tinha colocado o insolente em seu lugar e que não me aborreceria mais; mas estava enganado.

Alguns dias depois começaram os preparativos para o desfile dos calouros. Naquela época, época de pouca-vergonha, os calouros das universidades desfilavam fantasiados pela Rua da Praia. Festa dos Bichos, era o nome daquilo. Um espetáculo grotesco, ridículo. Coisa de fresco.

Mas então: fomos arrebanhados no intervalo entre duas aulas e levados para o Centro Acadêmico. Nossa turma foi dividida em grupos de quatro (mais tarde se falaria em Grupos de Onze, lembra, paulista?). Cada grupo deveria preparar um quadro para o desfile.

No meu grupo estava o rapazinho do manifesto. O nome dele era (será que ainda é, paulista? Será que não teve de mudar de nome? Será que ainda está vivo?) Manuel. O sobrenome não lembro; mas era um sobrenome judeu. A esta altura, ele já tinha esquecido nossa discussão (mas eu não) e estava todo excitado, propondo que se fizesse um quadro satírico sobre a política nacional.

— Eu boto um bigode postiço e vou de Jânio. Tu — me apontou — vais de Lacerda.

— Eu não vou de nada — respondi.

Me olhou, assombrado:

— Como, não vais de nada?

— Não vou me fantasiar — repeti. — Não sou palhaço. Estou aqui para estudar.

Os outros dois me olhavam. Um sorria, meio debochado; o nome deste também era Mário. Metido a elegante. Sotaque de gringo. Era filho de gringo. O outro... Quem era o outro, paulista? O outro já não me lembro. Mas éramos quatro, e os três ficaram me olhando em silêncio. O gringo disse que os veteranos iam me raspar a cabeça. Eles que experimentem, respondi.

Me intimaram a comparecer à comissão dos veteranos. Fui, paulista. Mas fui de revólver na cintura. Fazia uma saliência sob o meu casaco e qualquer pessoa medianamente inteligente podia ver que aquilo não era um defeito de nascença. Discutiram comigo, os veteranos, mas com os olhos grudados ali, no revólver. Finalmente, disseram que eu era um anti-social, mau colega — e resolveram me deixar em paz.

Sim, paulista, fizeram o desfile, e o Manuel foi de Jânio, o Mário foi de Juscelino e o outro, aquele que eu não lembro o nome, parece que foi de Lacerda. Todos bêbados.

Aceita um traguinho, paulista? Ah, não bebes. Não bebes nunca ou só não bebes quando estás de serviço? Nunca. Fazes bem. Eu bebo um pouco, mais no mês de agosto; este vento, paulista, este minuano, não dá para a gente agüentar. Sou um homem de poucos vícios, paulista. Tóxicos, como esses hippies, nunca.

Uma noite eu estava aqui, neste frio. Era bem tarde, a rua estava deserta. Chovia um pouco.

Apareceram três deles: um rapaz e duas gurias. Gurias novas. Sentaram ali, no cordão da calçada, de costas para mim, o rapaz tocando uma flautinha de madeira. Tocava bem.

As meninas foram se chegando a ele, uma de cada lado: a morena, pela esquerda, a loira pela direita. Eu via a loira de perfil, paulista, eu via metade do rosto dela, e mesmo à escassa luz, eu via que era muito linda. Senti alguma coisa — mas fiquei quieto, dentro deste meu poncho, como o badalo dentro do sino. Suspenso. Assistia a tudo, suspenso.

O rapaz beijava ora uma, ora a outra. Ora uma, ora outra o beijavam; ora uma na boca e outra na nuca, ora a primeira na nuca e a segunda na boca. Às vezes as duas na nuca; às vezes as duas — rindo — na boca, boca para cada (para mim, a visão de meio rosto de cada, e só). Foram indo, foram indo, deitaram na sarjeta — mas é preciso não esquecer, paulista, era tarde da noite, chuvinha, nevoeiro, ninguém aqui na Ladeira, ninguém nesta rua iluminada, ninguém para ver — eu nem sei se vi esta cena, será que vi? E será que não podias me adiantar um pouco mais, por conta de amanhã? Olha que não jantei.

Me viram. A loira me viu. Apontou para mim e disse, olha ali — como se eu fosse um objeto curioso, um boi empalhado.

Pensei que iam me assaltar. A gente nunca sabe o que esperar desses marginais; e eram três — mesmo duas sendo mulheres, me preparei para um bom combate. Recuei lentamente, protegi melhor a minha retaguarda. A vanguarda estava protegida pelo pano do poncho, rijo como madeira (os anos o endureceram, paulista).

Mas não era combate o que queriam. Se acercaram sorrindo, aqueles olhos mansos, bovinos postos em mim. Coitado, disse a loira, ele olha para a gente com cara de esfomeado. É mesmo, disse a outra, que era quase mulata de tão morena, ele é engraçadinho, parece uma ave pousada aí, parece um avestruz. (Que comparação é esta, negra? Ema, então, nojenta! Ema fugaz!)

Vinham se aproximando, engatinhando pela calçada, as duas à frente, o rapaz mais atrás. Ele tem cara de brabo, disse a morena. De triste, corrigiu a loira. De brabo e de triste, disse a morena.

A loira — moça de boa família, via-se (e naquela situação, paulista!) — estendeu o braço. Que xale bonito que ele tem — ela disse. Xale — foi assim que ela chamou meu poncho. Mas não me dei ao trabalho de corrigi-la. Retraí-me, irritado. Não queria muita conversa. Mas ela queria conversa; ela queria coisa. Palpava o poncho, maravilhada: que tecido bonito, que forte, murmurava. É artesanato dos índios?

Arranquei o poncho da mão dela. Estendeu a mão, de novo: e por dentro, como é?

E foi enfiando a mão, paulista, e eu suspenso lá dentro, como já te disse — o badalo de um sino, e a mão dela lá dentro, a mão dela no meu peito, eu com medo de um assalto, aquele dia tinha rendido bastante, a lata estava quase cheia, a época era boa, e a mão dela ali na minha barriga, o que é que procurava a mão dela, eu esperava que não fosse a lata — fiquei louco! Puxei-a para mim.

Mas aí a morena veio junto. E o rapaz! E eram os três a me beijarem e a me morderem, e ora a beijar a boca e a morder a nuca, e ora a morder a boca e a beijar a nuca, e ora dois na nuca e um na boca, e ora dois na boca e um na nuca, e ora os três na nuca, ora os três na boca — um terço de boca para cada — e eu sem saber o que era aquilo, se era loucura ou orgia ou assalto, eu queria a loira, a loira já me chegava, eu empurrava o rapaz, vai-te para lá que eu não sou disso, rapaz; mas ele vinha, eu empurrava a morena, vai prá lá, negra; a morena vinha, e eu: então está bem vêm a loira e a morena, mas o rapaz, não, o homem, não; no fim estavam os três dentro do meu poncho, o sino badalando na madrugada, o sino badalando como louco, mais alto que o sino da Catedral, o sino anunciando a primeira missa depois de longos anos, o sino bimbalhando Natal em agosto, o sino louco, louco. Meio que desmaiei, paulista.

Quando vi, estava deitado no chão e os três — os três! — empilhados em cima de mim, dormindo ou dopados, o rapaz roncando, a loira babando; saiam de cima de mim, diabos, gemi, e eles nada, nem bola; eu: saiam que eu chamo a polícia, eles nada. Polícia, gritei, com voz fraca; não apareceu nenhum polícia, nem os facínoras que jogam futebol no Calçadão apareceram.

O dia começou a clarear. Eles se levantaram, cambaleando, e sem me olhar foram pegar as mochilas que estavam na sarjeta. O rapaz começou a tocar a flautinha. Eu rastejei pela calçada, eu tentei puxar a loira para mim, ela se esquivou, riu — disse que estavam indo para a Bolívia, que iam aprender artesanato com os índios. Fica! — eu gritei. — Fica, eu te dou o meu xale! — Poncho, ela disse rindo, o nome disso aí é poncho. Seu riso era como o som da trompa, à noite, no fundo dos bosques — um riso triste, paulista. Eu ali fiquei imóvel, como um sino abandonado, como um boi empalhado, como o cadáver de Rolando, enquanto eles subiam lentamente a Ladeira.

Não, paulista, não me interessava brigar com o pessoal da Faculdade. Afinal de contas eu era um acadêmico e eles meus colegas; resolvi trocar o guante de ferro por uma luva de pelica. Pensei em oferecer uma festa ou algo no estilo. O problema é que eu estava sem grana; mas no fim de março chegou o dinheiro que meu pai me enviava. Junto uma carta, queixosa: tivera de vender um touro de raça para poder mandar aquela quantia. Mas, acrescentava no final, estou seguro de que este sacrifício vale a pena.

Convidei os três colegas para um churrasco. O Mário aceitou logo; era esperto, o gringo... Manuel simplesmente me ignorou; aliás, nem me cumprimentava. O outro — quem era o outro mesmo? Não me lembro. E também não me lembro o que respondeu — só me lembro que recusou o convite.

Fomos, Mário e eu, a uma churrascaria elegante. Mário estava muito bem vestido; sobre ele convergiam olhares admirados. Eu não estava propriamente nu; mas a minha roupa não era das melhores. Como acadêmico de Direito eu não fazia boa figura. Decidi providenciar a respeito.

Nós esperando o churrasco, Mário me contava

alguma coisa de sua vida. Me contava de seu pai, próspero criador de suínos; de seu irmão mais velho, dono de uma cadeia de lojas no interior. Me falava de certos planos da família, referentes a investimentos (secretos, naturalmente). Usava uma bela manta de seda. Fumava cachimbo. Seus olhos brilhavam.

Perguntou sobre minha família.

— E os teus?

Pigarreei, um pouco desconcertado. Mas logo me recuperei: falei de meu pai, falei da estância, falei do tordilho, falei de cavalgadas. Não falei de minha mãe. Não falei da ema fugaz. Falei de coxilhas. Não falei da Vaca Carola. Não falei dos gringos. Não falei do preço do boi vivo, não o comparei ao preço do porco vivo. Estávamos entre cavalheiros — embora ele tivesse um dente de ouro.

Aí ele quis comentar a situação política. Redargüi que tal assunto não me interessava.

E não me interessava mesmo, paulista. Mas alguns meses depois, a vinte e três de agosto de 1961, me interessava decisivamente.

Fez-se um silêncio pesado; felizmente, chegou o garçom trazendo o churrasco. Aí está, disse Mário, e serviu-se de um bom naco.

Já ao corte, paulista, não gostei daquela carne. A superfície cruenta que eu tinha diante de mim não tinha um aspecto sadio. Um filé esbranquiçado, meio manchado, uma coisa doentia. Via-se que aquela rês tinha sofrido muito antes de morrer. Abatera-a talvez o pálido anjo da morte, não um robusto magarefe. Aquilo não estava bem.

— Amigo! — gritei. — Amigo, não toca nesta carne!

Deteve-se, o garfo já a caminho na boca. O que foi que houve? perguntou, surpreso. Mas eu já chamava o garçom:

— Garçom! Que carne é esta, garçom?

Olhou-me — tentava manter a calma, naquele ambiente distinto, mas via-se estava visivelmente atemorizado — e respondeu:

— É a carne que o senhor pediu.

Levantei-me. Não, garçom, gritei, esta não foi a carne que eu pedi. Deixa disso, começou Mário, e eu: não deixo nada, eu convidei, quero o melhor.

Seguido por Mário e pelo garçom, entrei cozinha adentro.

— Vou ensinar a vocês como é que se faz um churrasco!

Os cozinheiros pararam, as grandes facas nas mãos. Sobre a comprida mesa, postas de carne, vísceras. Localizei uma costela:

— Esta aqui! Quero esta aqui!

Uma bela costela gorda.

— Um espeto! — ordenei.

Hesitaram, optaram por rir, me estenderam um espeto.

Trabalhei bem aquela costela, paulista. Trabalhei de acordo com o modelo de meu irmão mais moço. A distância ao fogo era adequada; a salmoura, espargi-a sabiamente. E o silêncio que reinava naquela cozinha! Só se ouvia a gordura crepitar nas brasas.

Tenho sonhado com uma costelinha daquelas, paulista. Mas aqui na Ladeira não é possível assar um churrasco. Aos domingos posso sentir o cheiro que sobe de todas as churrasqueiras desta cidade, e é só.

Enfim, foi uma bela refeição, paulista, que fez do Mário meu amigo — mais, meu aliado.

Manuel é que me hostilizava. Um recalcado.

Filho de um pequeno comerciante, seu olhar revelava problemas, não vontade de se impor ao mundo. Era uma figura deprimente: cabeleira revolta, olhos encovados de punheteiro, camisa de gola puída, calças manchadas. Deprimente. Mas passava por mim com ar arrogante. Por quê? Pensava por acaso que o tempo trabalhava a seu favor? O tempo trabalhava a meu favor.

O outono chegando, comecei a freqüentar as aulas usando o meu poncho. Os risinhos não me faziam mossa; mas um dia, chegando em casa vi que havia um papelzinho preso com um alfinete à parte de trás do poncho. *Latifundiário sanguinário,* estava escrito. Ora, aquilo me deu raiva, paulista — quem era o covarde?... — e me deixou intrigado. O papel deveria ter sido colocado na Faculdade, claro; e por alguém sentado atrás de mim. Mas — aí é que estava o mistério — eu sentava na última fila, paulista. Encostado à parede. Então como?...

Nos dias que se seguiram esqueci o mistério. Andava muito ocupado, procurando um apartamento. Já não podia continuar naquele quarto apertado, com a dona da pensão a me vigiar como uma ave agourenta. E se me aparecesse uma mulherzinha bem a jeito? Onde é que eu a levaria?

Não, a pensão definitivamente não me servia. Eu queria um apartamento — pequeno, mas bem decorado: paisagens campestres, laços e boleadeiras pelas paredes, uma coleção de esporas e ferros de marcar nas prateleiras. Uma gravura erótica: dama nua galopando em cavalo branco. Iluminação indireta. Música suave. Bar bem sortido. Terraço com churrasqueira.

Escrevi a meu pai a respeito. Concordou — com reservas, como de hábito. Comecei a percorrer as imobiliárias.

Aí apareceu o bilhete. Dentro de um livro. Um livro que eu tinha deixado na sala de aula durante o intervalo, um livro de texto, coisa completamente neutra, paulista — o que me deixou ainda mais indignado. Latifundiário sanguinário, dizia o bilhete, um dia pagarás por seus (sic, paulista, sic, sic) crimes. Abaixo uma caricatura: eu (só podia ser eu) cavalgando uma vaca e investindo, de espada em punho, contra um pobre diabo esfarrapado. No mesmo dia encontrei no banheiro uma caricatura idêntica. Latifundiário sanguinário.

Se aquilo fosse coisa de amigos, eu teria até achado graça. Sanguinário, eu, amigos? Bondade de vocês. O pouco sangue que fiz correr foi de um churrasco aqui, de um animal degolado ali... Sanguinário, amigos, era meu bisavô, o feroz caudilho que decapitava os inimigos. Eu, amigos? Eu ataquei uma coxilha, e mesmo assim pouco a feri.

Mas aquilo não era coisa de amigos brincalhões, não. Eu tinha um inimigo na Faculdade. Inimigo pérfido, solerte, um terrorista. Mas quem? Passei a olhar os colegas um a um, procurando identificar o autor das mensagens. Poderia ser o Alberto. O Aldair. O André, tipo misterioso. O Armando. O Arnulfo. O Avalon. O Balduíno. O Balthazar. O Belmiro (outro tipo misterioso, de sotaque espanhol). O Bernardo (judeu como o Manuel, mas judeu rico, risonho). O Bruno. O Carmelo (ex-padre). O Catão (que nome, hein, paulista? Que belo nome para um advogado. Quisera eu ter um nome assim). O Clarimundo (Clarimundo! Esta é boa! Clarimundo!). O Clayton (filho de inglês). E assim por diante, paulista, para ficar só pela letra C.

Olhava-os, inquiridor, e até desafiador. Me retribuíram o olhar: uns espantados, outros indiferentes, outros hostis — estes, como se quisessem manter comigo um duelo de olhares, como se considerassem olhares espadas. E era nos hostis que eu me concentrava, esperando encontrar o vilão. Eu pretendia, pelo olhar fixo e duro, fazer com que ele se traísse, que gritasse: sim, fui eu, e estou pronto para a batalha, puxa a tua espada! Depois me dei conta que o patife, de tão dissimulado, poderia estar entre os espantados, entre os indiferentes, talvez até entre os solidários. Alberto? Balthazar? Clarimundo?

Acabei por descobri-lo. E por acaso... Por acaso, mesmo. A coisa é assim, paulista:

Um dia, o professor de Direito Civil manda nos avisar que não dará aula — está doente.

À falta de programa melhor, Mário me convida para um chope no Antônio. Aceito.

Na rua, noto que esqueci o poncho na sala de aula. Vou buscar o poncho, digo. Ora, esquece —

começa Mário, mas se cala: sabe que não admito brincadeiras com o meu poncho.

Entro na aula e pego o safado em flagrante: o Manuel. Muito atarefado, prendendo um papelzinho ao meu poncho. Nem preciso ler para saber o que está escrito.

(Como foi que não pensei nele, paulista? Talvez por ter ficado só na letra C).

Já vais ver quem é latifundiário sujo — grito, avançando. Recua, assustado, até a parede (cuidado, mal-criado, não vai me estragar o reboco — diz uma vozinha de dentro da parede, uma vozinha que ele não ouve. Quanto a esta vozinha — aguarda, paulista, aguarda).

Em dois pulos estou em cima dele, agarro-o pela gola — faço-o engolir o papel? — ele arregala os olhos, tenta desajeitadamente se soltar, é fraco, o coitado, é um judeuzinho magro, mais magro que eu e menos fibroso, magro e de bunda grande, o paradoxo dos magros alimentados a massas e doces; não sabe o que é carne sangrenta e quer ser guerrilheiro, quer liderar camponeses; está mudo de pavor e quer falar de cima de um palanque, sem falar nas calças manchadas de porra, das punhetas que bate na patente, antes de colar na parede suas caricaturas idiotas.

Atiro-o contra a parede. Desaba.

Lentamente, desabotôo o meu casaco. Os olhos se arregalam mais ainda: nunca viu uma guaiaca. Uma guaiaca como esta, soberbamente decorada em prata. Nunca viu um punhal. E, sobretudo, nunca viu um revólver, um trinta e dois cano longo.

Saco o punhal, cravo-o na mesa; fica vibrando.

Saco o revólver. Faço girar o tambor.

O revólver na mão, aproximo-me dele, obrigo-o a levantar-se. Enfio-lhe o cano na barriga. Ai! — se encolhe. Enfio-lhe o cano de novo, se encolhe de novo, pálido. Uma terceira vez, paulista, e teria se cagado...

A ira aplacada, larguei-o. Não faz mais isto — eu disse — não me provoca mais. Me olhava; e agora sem medo, meio desafiador. Me irritei. Não faz mais isto! — repeti.

Me olhava. E não estava mais encolhido, não. Estava bem ereto, e me desafiava.

Meti-lhe o revólver no peito: olha aqui, rapazinho...

Sem uma palavra, afastou a arma com a mão e dirigiu-se para a porta.

— Olha aqui! — gritei.

Voltou-se.

— Olha ali! — Apontei para um dos globos de luz que pendiam do teto.

Apontei a arma, dei ao gatilho. O globo voou em pedaços — um grande tiro, paulista! No ponto certo!

Ficou imóvel, a me fitar.

Apontei:

— Agora aquele globo ali, aquele da esquerda.

Atirei, mas aí com um pouco de azar: errei.

Atirei, errei de novo. Ele ia rir — eu vi que ele ia rir — quando atirei pela terceira vez, acertando em cheio. E logo outro tiro e outro globo.

Resmungou qualquer coisa, que não ouvi: eu estava extasiado, paulista.

Eu tinha visto um globo de vidro desfazer-se numa chuva de minúsculos cacos. Eu tinha visto a lâmpada brilhar ainda uma vez, com desusado esplendor, antes de se desintegrar. Um sol brilhava em mim, paulista, um rosto resplandescente se aproximava — uma alucinação? Uma revelação? A face sombria do judeuzinho já não me interessava, os olhinhos que me espiavam pelos poros da parede (olhinhos sim, paulista, daqui a pouco falo sobre eles) não me interessavam, eu tinha o rosto voltado para o alto, eu tinha o rosto — agora estou certo disso, paulista — inundado de luz.

O servente veio correndo, assustado: que é isto, gente, que é isto?

Calma, eu disse. Eu pago tudo.

Eu ainda tinha uma bala. Fiz estourar mais um globo.

A esta altura, o corredor estava cheio de gente. Enfiei o punhal na bainha, guardei o revólver no coldre, vesti o poncho e saí, o pessoal abrindo alas. Esporas invisíveis tilintavam enquanto eu caminhava pelo corredor; o tordilho me aguardava lá fora, escoiceando impaciente o chão. Senti cheiro de campo...

O Diretor estava à minha frente, no fim do corredor.

— Queira entrar no meu gabinete — disse.

Entrei, tranqüilo, disposto a arcar com as conseqüências do meu ato. Mas o Diretor era um bom homem, um gaúcho honrado, paulista. Fez-me sentar, pediu explicações acerca do ocorrido.

Não se tratava de luta aberta, ali, portanto fui cordial e respeitoso: perdi a cabeça, Senhor Diretor, respondi, perdi a cabeça, mas estou pronto a pagar os prejuízos.

Suspendeu-me por três dias. Exigiu que eu pedisse desculpas ao Manuel.

Pedi. Manuel já não me interessava. Depois de ter alvejado os globos de luz eu era outro. Me sentia capaz de rachar paredes com certos discursos. O dono da vozinha que se cuidasse!

Mas agora cansei, paulista. Estou até meio rouco, não notas? Para um orador não é bom. Volta amanhã, paulista. Agosto ainda não terminou.

VINTE E QUATRO DE AGOSTO, QUINTA-FEIRA

Resumo?

Está bom, paulista, faço um resumo.

Viajante chega a Porto Alegre procedente de São Paulo. Procura na Rua da Ladeira um homem que conta histórias (falarias em mendigo, paulista? Eu não falaria). Mediante (atenção!) pagamento, viajante paulista terá visão, sucinta e não desprovida de interesse, do agosto de 1961 — mês, na expressão do narrador, de cães danados. Paralelamente narrador contará algo de sua vida — interessante infância, batalhas na cidade de Pelotas, aventuras na capital. Mediante pagamento adicional poderá descrever cenas de *sexo* (sublinha esta palavra, paulista, no original; se for impresso, quero-a em itálico. Ah, ris. Teu nome é Sátiro?). Narrador mencionará ema fugaz, Simca Chambord, Cestas de Natal Amaral, considerável número de populares bradando viva Jânio, muro de Berlim, machine-gun.

Bois empalhados. Letras da Legalidade. Fayacal Khautz.

Para resumo já é demais, paulista. Queira efetuar sua contribuição. Isto. Muito bem.

Vinte e quatro de agosto de 1961. Dia ominoso, paulista? Talvez. Concentravam-se tropas em ambos os lados da fronteira de Berlim; mas por outro lado, a Assembléia debatia o combate à formiga, e o Teatro Bancário anunciava *Loucuras de Mamãe.*

Há mães que fazem loucuras, paulista? Que achas? Há mães que saem a galopar? Há mães que desaparecem no horizonte como a ema fugaz? Há mães que precisam ser combatidas, como as formigas? Há mães misteriosas, como os microscópicos tourinhos?

Na Exposição do Menino Deus terminava o julgamento dos animais. Os touros vencedores eram premiados, a relação figurava no jornal. Atentariam agora os homens do campo para a catástrofe que se prenunciava?

Finalmente achei o apartamento. Não era exatamente o que eu queria — não tinha churrasqueira — mas estava bem localizado. Da janela eu via o Palácio, a Catedral e o olho imóvel de certas estátuas de pedra.

Dei uma festinha de inauguração. Veio o colega Mário, o colega Manuel, que recusava uísque, e o outro — como era mesmo o nome do outro? Não me lembro.

Pela meia-noite resolvemos percorrer os cabarés. Manuel se recusou, lembrando que o dia seguinte era de aulas — de sabatina, até. Mário agarrou-o por um braço, eu pelo outro e assim o conduzimos pela rua, rindo e galhofando.

Estivemos no Marabá. Não nos agradou. Fomos ao Maipu. Subimos a escada e mergulhamos na atmosfera enfumaçada. Ao som de boleros, agarrados às mulheres muito pintadas, dançavam vigaristas, estudantes, viajantes comerciais, pequenos comerciantes — mas também fazendeiros, de condição aviltada pelo baixo preço do boi em pé.

Mário cumprimentava um, cumprimentava outro. Eu não me rebaixaria a tal, claro — mas Mário era farinha de outro saco. Quanto a Manuel olhava, apenas. Quieto. Perplexo, via-se.

Sentamos a uma mesa. As despesas correm por minha conta, eu disse. Vieram as bebidas. Manuel, que tinha recusado o uísque, tomava agora um samba atrás do outro. Logo logo estava bêbado.

Que figura grotesca, paulista. Deus, que figura grotesca. Os olhos arregalados, a camisa aberta, a gravata para um lado. Antes que pudéssemos segurá-lo subiu à mesa e anunciou que ia declamar Castro Alves. E declamou mesmo, trechos do Navio Negreiro. Depois fez um discurso. Convidou as mulheres a se revoltarem, a não venderem mais o corpo.

Riam, aqueles grosseiros. Riam as mulheres, riam os homens, ria o Mário, ria o outro cujo nome não me lembro. Tu também ririas, paulista, mas eu achei que aquilo era demais. Fiz o Manuel descer, e subi por minha vez. Pedi silêncio com voz enérgica. Tirei o poncho, abri o casaco. A guaiaca — com seus acessórios — ficou bem à vista. Fez-se silêncio.

Declamei:

Roncevaux, Roncevaux

Dans ta sombre valée
L'ombre du grand Rolland
N'est donc pas consollée?

Ninguém riu, desta vez. Desci da mesa. Soaram aplausos. Um homem veio me apertar a mão, comovido. Aceitei o cumprimento, porque notei tratar-se de pessoa digna — vítima de um secreto desgosto, talvez.

A orquestra recomeçou a tocar. Manuel dormia, a cabeça tombada sobre a mesa, babando. Mário fez um sinal a uma morena, levantou-se, saiu com ela. Eu estava simpatizando com uma loira altaneira. Acenei com a cabeça, ela acenou também. Fomos para o quarto. Era fogosa, ela, e me correspondeu bem, mas aquela aventura — minha primeira, em Porto Alegre — teve resultados desastrosos: peguei chatos. Nos pêlos do meu púbis os bichinhos plantavam seus ovos. Toda uma atividade febril se desenvolvia ali, toda uma comunidade de piolhos copulava, desovava, nutria os filhotes! Bichos nojentos. Liquidei-os com querosene.

Na Faculdade, a agitação continuava. As eleições para o Centro Acadêmico forneciam pretexto aos pronunciamentos mais radicais. Manuel, claro, era dos mais ativos na campanha política.

Fui sondado. Por um colega que eu nem suspeitava estivesse metido em política: aquele colega de cujo nome não me lembro. Não lembro mesmo, acredita! Não estou te escondendo nada. Posso te dizer que ele hoje é um figurão importante. Às vezes passa por aqui, subindo a Ladeira, rumo ao Palácio ou talvez à Catedral; pela pose, pelas roupas, deduzo que ele é importante. Mas não lembro o nome dele.

Falou comigo no banheiro da Faculdade, nós dois urinando.

Esta agitação já passou dos limites, ele disse, sem me olhar. Não achas, Mário?

Acho, eu disse, olhando o riachinho amarelo — minha urina e a dele — que fluía sobre os ladrilhos brancos. Coisinhas pretas passavam rápidas e sumiam no ralo. Chatos? Tourinhos?

Está na hora de dar um basta aos agitadores — ele disse. — Não estás de acordo?

Balancei a cabeça, concordando. Ele terminou de urinar, lavou cuidadosamente as mãos, enxugou-as com o lenço alvo. Aproximou-se de mim, murmurou:

— Vamos fazer uma reunião na minha casa... Pouca gente. Elementos selecionados para empreender uma ação rápida e decisiva. Conto contigo, Mário.

Sinto muito, respondi, mas não quero me envolver nessas coisas. Estou aqui para estudar, amigo.

Admirou-se: mas logo tu! Não és neto do velho Picucha? Pois sou, eu disse, sou mesmo neto do velho Picucha, mas não quero nada com a política: pretendo continuar no Fórum as batalhas que meu avô travou nos pampas. Insistiu: mas ouvi dizer que atiras bem.

Não respondi, não disse nem que sim nem que não, não mencionei a espada do avô nem a luta contra o gigante. Pretendo me dedicar ao estudo, colega — repeti. Me olhou com desgosto, até com ódio, eu diria, mas tu que me conheces um pouco, paulista, já sabes que sou homem de uma palavra só. Cumprimentei-o e saí.

Eu queria um carro. Muitos na Faculdade tinham carro, e eram esses que arranjavam as melhores mulheres.

Eu queria um carro. Não precisava ser o Simca Chambord, ponto por ponto o melhor carro nacional; um carro usado serviria, desde que fosse grande, que tivesse rádio... Percorri as agências, localizei o carro que me servia: um soberbo Cadillac rabo-de-peixe, quase novo e — o que mais me excitou — posto à venda por uma jovem senhora, desquitada e em dificuldades financeiras.

Escrevi a meu pai. Fui veemente. Disse que sabia de seus problemas financeiros, mas que o carro me era necessário, tão necessário quanto o cavalo para o gaúcho. Alguns dias depois recebi um aviso do Banco da Província: a quantia que eu havia solicitado já estava depositada.

Nós os quatro rodávamos pela cidade, à noite. Em meu automóvel. Mário também tinha carro — mas, espertinho, sempre alegava uma coisa ou outra para deixá-lo na garage. Cabo de bateria. Relé. Coroa, pinhão. Safado. Eu nem queria ouvir as explicações dele.

Deslizávamos (conheces Cadillac, paulista? Uma verdadeira nave) em busca de mulheres.

Não era fácil. O inverno aqui no sul é rigoroso; preferiam as caixeirinhas (e mesmo as domésticas) o aconchego de seus lares. Andávamos para cima e para baixo, por toda a cidade; acabávamos irremediavelmente em Camélia e Rosa.

Eram primas, as duas; tinham sido iniciadas pelo mesmo homem, um fogoso marinheiro. Faziam ponto no centro, numa ruela escura, perto daqui. Faziam — será que ainda fazem? Me ocorreu agora, paulista — será que ainda fazem? Aquela anciã desdentada.... Não, não pode ser.

Pegávamos as duas e rumávamos ao lugar conhecido como Brizolândia. Tinham aterrado ali um trecho do rio; resultou uma vasta área, plana, deserta. Uma terra não muito firme; já não era mais água, ainda não era continente. Por fora tudo bem, até asfalto havia em alguns lugares. Mas por dentro... Não estaria empapada de água, aquela terra? Não estaria minada? Não estaria aguardando uma oportunidade para se esboroar, para se deixar afundar silenciosamente em água barrenta, na água-mãe? Não estaria propensa a nos engulir, como areia movediça que no fundo era? *Nos* engulir, modo de dizer; *me* (grifa isto, paulista) engulir, porque os outros fugiriam, mas eu não abandonaria meu carro. Eu pereceria com ele.

Sobre a terra frágil, então, o grande carro. A pequena distância, enrolado num comprido capote, Manuel vigiava, encolhido.

Dentro do carro, Mário e eu. (O outro? Não, o outro acho que não estava, ao menos na noite a que me refiro).

Eu na frente. Era meio incômodo, por causa da direção e da alavanca de câmbio, mas era o lugar do proprietário e dele eu não abriria mão. Atrás, o Mário.

A nossos pés, Camélia e Rosa. Camélia comigo, se atrapalhando toda com a coluna da direção, com a alavanca de câmbio, com os pedais. Camélia, que tinha a fama de ser a melhor, comigo. Rosa com ele. Ele de calças arriadas; eu era radical, eu ficava nu. Elas trabalhando, se esforçando, nós agarrados a seus cabelos — rédeas. A língua da Camélia era enorme e ágil, como a da vaca Carola; grande língua. Um pouco áspera no dorso — saburra, decerto — mas lisa nos bordos e na ponta. Ao dorso cabia o grosso da tarefa; aos bordos e à ponta, o retoque, o remate. O fino do prazer.

Nós dois encostados às portas. Parecíamos concentrados, imersos no prazer — mas disfarçadamente nos observávamos.

Mário: a cabeça inclinada para trás, os olhos fechados, as narinas a espaços se dilatando, o pomo de Adão saliente. De quando em quando um clarão de faróis iluminava-lhe o rosto (não éramos os únicos a preferir o aterro. Mas Manuel estava atento — aos amigos e aos inimigos. Inimigo à vista: assobio.)

Mário me espreitava, estou certo. Eu também o espreitava. Por baixo das pálpebras, pelas minúsculas frinchas entre os cílios cerrados, ele me olhava — e encontrava o meu olhar. Só que o olhar dele era esquivo, dissimulado; o meu, aberto, franco, fixo. Ai! — ele gemia. — Ai, que coisa boa!

Uma sucessão de ais: ai-ai-ai-ai-ai; um prolongado aaaaaah, e: de novo, Rosa, de novo.

Queria me convencer que era super. Mas não estava tão imerso no prazer, não. Olhava furtivamente para fora, espreitava — com medo, claro — pelos vidros embaciados. Foi ele quem gritou, apavorado, empurrando a cabeça da Rosa: olha lá, Mário, olha lá!

Olhei. Era uma radio-patrulha, parada a uns cem metros. Os policiais discutiam com Manuel. Gesticulando. E de repente Manuel se engalfinhou com um! Manuel lutava por nós!

Abri a porta, me precipitei para fora. Covardes, eu gritava, esperem aí que vocês vão ver uma coisa. Eu queria ir lá, paulista, eu queria defender o Manuel — nu, eu! Me agarraram, Mário e as duas, me empurraram para o banco de trás do carro. Mário pegou o volante e arrancou à toda, logo estava a oitenta, a noventa — grande carro — a cento e dez, eu gritando: pára, poltrão, pára, gringo covarde.

Corria pela beira do rio, e já ia dizer graças a Deus estamos livres, quando de repente ouvimos a sirena: a radio-patrulha nos alcançava! Um tiro, e logo outro. Mário freou. Pálido, trêmulo, não conseguia falar. Deixa para mim, eu disse, e saltei.

A radio-patrulha estava parada a pouca distância, a luz dos faróis me iluminando. Fui avançando — nu — fui avançando. O que viam, os três brigadianos sentados na viatura, os capacetes descidos sobre os olhinhos escuros, as bocas abertas sob os bigodes ralos, as obturações reluzindo à tênue claridade?

Viam um homem jovem, não muito alto, mas forte, moreno, os cabelos revoltos sobre a testa, os olhos brilhando, a boca cerrada em sinal de determinação. O peito largo, um pouco peludo, mas não demasiadamente peludo (como o dos gringos). Pêlos negros, sedosos. Ventre reto, sem barriga; e, finalmente, o grande membro — não ereto, mas grande, potente. Os testículos, não um apenas, dois — os testículos pendendo em seu saco, entre as coxas fortes. Uma chuvinha fina salpicava-lhe os cabelos, os pêlos; ao avançar ele cintilava. Uma figura esplêndida, paulista, faço questão de declarar.

A viatura arrancou, veio em direção a mim! Fiquei imóvel, paralisado. A uns metros se desviaram bruscamente — senti o vento — e se afastaram, a sirena soando.

Mário correu para mim: o que foi que tu disseste a eles, Mário? O que foi? Queria conhecer os meus truques, o gringo. Queria aprender o macete, o jeitinho. Era isso que ele queria.

Não respondi. Voltei para o carro. As mulheres lá estavam, quietas, assustadas. Vesti-me, tomei a direção. Voltamos para a Brizolândia.

De longe avistamos o Manuel, sentado no asfalto, sozinho naquela noite úmida e fria: uma figura desolada. Parei o carro perto dele, desci.

Soluçava. Perguntei o que tinha havido. Não quis responder; respeitei seu silêncio. Conduzi-o ao carro, ofereci-lhe as mulheres, as duas.

Não queria. Guardava-se para a noiva, uma judiazinha de óculos, feia como ele.

Estás olhando o meu colar. Me esforço, te contando histórias importantes daquele ano de 1961 — e tu olhando o meu colar. Te desculpo, paulista, porque o colar é realmente interessante. Me orgulho dele, só o uso de vez em quando. Foi feito por mim mesmo.

De que é feito? Adivinha, paulista. Não, nunca adivinharás. São caveirinhas de ratos, paulista. De ratos, de ratazanas, de camundongos, e até de um morcego. As casas velhas do centro estão infestadas destes bichos. Fui eu mesmo que os matei, começando por um ratão que me mordeu o pé — decapitei-o na hora. Este, liquidei-o em legítima defesa. Os outros, pelo simples amor à caça, pelo prazer de matar.

Sei o que estás estranhando, paulista: que a vinte e um de agosto eu tenha me referido aos ratos com carinho, quase com paixão. Mas não há porque estranhar, paulista. Paixão e massacre não se excluem.

Sim, paulista, matei muito rato. Dos que tentavam subir a Ladeira, poucos escaparam: Alguns chegavam a saltar; estes eu acertava no ar. Foi no ar que também peguei o morcego. Voava baixo, o bichinho. Este erro não cometerá mais.

Os corpos, eu jogava ali no esgoto. As cabeças ficavam secando ao sol, até descarnarem. Juntei os crânios com um fio passando pelas órbitas — estás vendo? Olha bem. Quê! Estás com nojo, paulista? Por que este teu riso amarelo? Teu nome é Gigio?

No dia seguinte ao da aventura na Brizolândia não fui à aula. Dormi até tarde.

Acordei com batidas na porta. Batidas violentas: todo o apartamento estremecia. Tonto, vesti o meu robe cor-de-vinho e fui abrir

Era o meu irmão mais velho. O Artêmio.

Fazia tempo que eu não o via — aliás poucas vezes o vi em minha vida — mas reconheci-o imediatamente, apesar do bigodão.

Um homem moço. Mais alto que eu, atarracado, maciço. A cara dele, paulista, era impressionante. O acne tinha trabalhado aquela cara, tinha esculpido saliências e reentrâncias; gretas, vales, coxilhas, píncaros — uma paisagem torturada, era aquela cara. Lá do fundo espiavam dois olhos claros, fixos. Me furava com aquele olhar duro. Cheguei a estremecer: estava nu por baixo do robe e um vento frio vinha do corredor do edifício.

— Acordei o doutor? — uma voz áspera, desagradável.

— Que nada — eu disse. Entra, Artêmio. Entra logo que está frio.

Entrou, olhando ao redor, examinando tudo.

— Senta — eu disse.

Não sentou. Foi até o meu quarto, olhou o banheiro. Voltou à sala, examinou o toca-discos.

— Senta — repeti.

Sentou numa poltrona.

— Estás bem instalado aqui — disse; estava a fim de me irritar, paulista. Isto logo vi, embora ainda não soubesse porquê. Resolvi ignorar a provocação. Não era nenhum ratão da Ladeira que estava ali, nenhum gringo, nenhum brigadiano. Era meu irmão mais velho. Meu hóspede.

— Tomas alguma coisa, Artêmio?

Não respondeu.

Abri o bar; não eram poucas as garrafas que ele via ali.

— Uísque? Conhaque?

Fez um gesto impaciente.

— Quem sabe um mate? — insisti.

— Não quero nada — disse. — A demora é curta.

Levantou-se, foi até a janela.

— Bonita vista. Aquilo ali é o Palácio, não é?

Artêmio não vinha nunca à cidade. Vivia recluso na fazenda, não tinha estudado, mal sabia escrever o nome. Mas galopar — sim; galopar sabia.

— E aí, Artêmio? — eu, num tom casual. — Que é que me contas de bom?

— Nada de bom — respondeu, me olhando.

— O que foi que houve? O nosso pai está doente?

— O pai está doente... — Tirou do bolso palha e fumo, começou a fazer um palheiro. Tremia. — O pai está atacado das urinas. Mas o pior não é isto.

Tirou do bolso da japona — uma japona cinza, com manchas de barro — um velho isqueiro, acendeu o palheiro. Soprou a fumaça com força.

— O pior é a situação da estância. Estamos encalacrados. Se a gente não conseguir um empréstimo, não sei como é que vai ser.

(O que é que eu devia dizer? Sabes, paulista?)

— Bom... Não deve ser difícil... — ponderei. — Dando as terras como garantia... E os bois...

— É difícil. É muito difícil.

Encostado a uma parede, a cabeça tombada. Ficamos em silêncio uns tempos. De repente:

— Os peões passando fome! — ele gritou. — Sabes o que é isto? Aquela gente passando fome!

Apontou para mim:

— E tu aqui, nesta vida regalada.

— Um momento, Artêmio — comecei. — Eu estou aqui com consentimento de nosso pai. Estou aqui para estudar.

— Eu sei que estás aqui para estudar. E precisavas de um apartamento luxuoso como este?

— Escuta, rapaz. — Eu agora começava a me irritar com aquele bronco. — Este apartamento não tem nada de luxuoso. É confortável, só. Sou um acadêmico de Direito, preciso de um lugar decente.

Ele olhava pela janela.

— Aquele carro lá é o teu?

Olhei. Sim, era o meu carro; hesitei em dizê-lo — hesitei uma fração de segundo — mas disse; sim, Artêmio, é o meu carro. Um Cadillac.

— Automóvel de grã-fino.

— É um carro bom. Usado, mas bom.

Ele pegou o chapéu. Um chapelão amassado, que tinha atirado em cima da mesa.

— Bem. Não quero mais discutir. Vou indo.

— Foi o nosso pai que te mandou aqui?

— Não. Vim por minha conta. Vim te pedir para deixar de explorar o velho, Mário. Não está direito.

Ficou em silêncio um instante.

— Ninguém mais agüenta ele. A mãe, coitada, sofre.

— Não é por minha causa.

— É por tua causa. É por tua causa também.

Dirigiu-se para a porta. Com a mão na maçaneta voltou-se ainda uma vez.

— É bom tu pensares direitinho. Porque senão...

O sangue me subiu, paulista. Palavra que o sangue me subiu.

— Senão o quê, Artêmio? Diz! Senão o quê?

Nos olhávamos. Ah, duas espadas ali! Dois revólveres!

Não respondeu. Saiu, batendo a porta.

— Boi empalhado! — berrei. Corri à janela. Não demorou, ele apareceu; como eu previa, ficou rondando o carro, olhando demoradamente. Ah, se ele arranhasse a pintura! Ah, se ele esvaziasse um pneu! A distância era longa, mas a cabeça dele não era melhor que os globos de luz que um dia penderam do teto da Faculdade de Direito!

Aquele incidente me aborreceu, paulista. Entrei numa fase de apatia. Deixei de ir no Maipu; já não saía com Mário, Manuel e o outro — como era mesmo o nome dele? Mesmo na Faculdade ia mal; não faltava às aulas, mas...

Oculto atrás de uns grandes óculos escuros, enrolado num poncho, sentado na última fila, eu simplesmente encostava a cabeça na parede e adormecia. Os murmúrios que me chegavam aos ouvidos não provinham do professor nem dos colegas: eram as vozes sepultadas naquelas veneráveis paredes, era a sabedoria dos anos que atravessava o reboco e vinha ressoar no meu crânio como num auditório vazio. Palavras ininteligíveis, ditas num tom grandiloqüente; e de vez em quando, uma vozinha fina — passa um balde de massa, Zé! — do pedreiro que tinha feito aquela parede.

Isto, dentro da aula. Lá fora, porém, vozes iradas: assembléias, pequenos comícios. Discutiam de tudo, salário mínimo, remessa de lucros, reforma agrária.

Me alegrou um pouco outra visita, esta mais amável: a do meu irmão mais moço. Chegou elogiando o apartamento; em troca, convidei-o para um churrasco. Na churrascaria admirei o seu desembaraço; tratou diretamente com o gerente do estabelecimento, fez especificações detalhadas sobre o tipo de carne e a maneira de assar. Não chegou a entrar na cozinha — aparentemente preferia métodos indiretos de gestão — mas revelou-se impositivo e eficiente. Estava conosco o gringo Mário; conversaram sobre negócios. Meu irmão, preparando-se para fazer o vestibular de engenharia, tinha grandes ambições no setor de eletrodomésticos. Um dia virá a televisão a cores, disse, e precisamos estar preparados. Palavras proféticas, como vês, paulista. De coxilhas não falou. De tordilhos não falou. Mas depois de muito vinho, recordamos, entre risos, os bois empalhados; e à hora da conta deu a sua inspirada versão da ema mecânica. No dia seguinte despediu-se de mim, entre risos e abraços. Teu irmão vai longe, disse o Mário.

Às noites eu rodava sozinho de carro pela cidade. Noites frias; não poucas mulheres me olhavam, muitas acenavam, algumas até batiam no vidro quando eu parava numa sinaleira fechada. Mas eu estava meditando, paulista. Eu estava passando por uma crise séria. Eram desses momentos que mudam a vida da gente. De que estás rindo, paulista? Vocês, em São Paulo, não passam por esses momentos? Então? De que ris?

Foi numa dessas noites que eu encontrei a Júlia.

Júlia! Júlia. Não ouves bem, paulista? Trata de guardar este nome, porque não vou repeti-lo. Estou aqui cavando fundo, estou exumando cadáveres, estou — acima de tudo — manipulando sentimentos delicados. Fica atento, paulista. Bota esta advertência entre parênteses, mas fica atento.)

Era uma noite de cerração. Ela caminhava no meio da rua — uma nau desarvorada. Correu de encontro ao carro! Eu, distraído, por pouco não a atropelei. Travei em cima. Desci.

Ela estava debruçada sobre o capô. Chorava convulsamente. E era uma mulher de classe, via-se. Vestia bem, embora simples. Nobreza arruinada.

O que aconteceu, senhora, perguntei cortesmente, como Rolando perguntaria à sua dama. Levantou a cabeça. Era muito bonita — loira, feições aristocráticas.

Desculpe-me, ela disse. Ficou em silêncio um instante, depois perguntou onde eu tinha comprado o carro. Lá no Tropilha Automóveis, eu disse, e ela suspirou: é como eu imaginava, dois carros como este não pode haver. Era a antiga dona, paulista. A desquitada.

Tirou um lencinho da bolsa — suave perfume — enxugou os olhos. O senhor tem de cuidar muito bem do estofamento, disse, é um couro especial ; mandei prepará-lo num grande curtidor. Eu disse que já havia notado, elogiei seu fino gosto. A seguir, ofereci-me para levá-la aonde quisesse. Olhou-me. Para qualquer lugar, murmurou, que não seja a minha casa. Mal eu tinha arrancado, paulista, ela demonstrou ser ardente: atirou-se a mim, beijando-me o pescoço.

Eu nunca tinha sido beijado no pescoço; a experiência foi simplesmente arrebatadora, paulista, acredito que pelas próprias características do pescoço. O pescoço, paulista, não é forte como a coxa, nem peludo como o peito, o púbis; nem caloso como a palma da mão de certos pedreiros (ainda que de voz fina) nem engelhado como o escroto. O pescoço é modesto, é sensível e é delicado. No pescoço o boi recebe o golpe do sacrifício e é fácil entender porquê: o pescoço é a entrega. Em alguns a pele do pescoço é grosseira, erodida pelo acne, eriçada de pêlos duros. Mas a minha pele, paulista, naquele 1961, era lisa e macia. Ainda é macia. Bota a mão aqui para tu veres. Bota, rapaz, não precisas ter medo. Sentiste? A pele ainda é macia. Sou um cara muito maltratado, um molambo, mas a pele ainda é macia. E à época eu era um rapaz bonito, tenho fotos que provam, fotos três por quatro e uma grande. Sim, eu era bonito. Moreno, de olhos pretos... Castanhos, dizes? Será que mudaram?... O pescoço elegante era, como vim a descobrir naquela noite, a minha parte sensível. Principalmente o lado esquerdo, que era justamente o que estava voltado para ela.

Não paulista, a direção do Cadillac não é do lado esquerdo. Não estamos falando em carros ingleses (em certa época sonhei com um Rolls Royce). É que — ela é que estava dirigindo, sabes? Eu tinha lhe oferecido a direção, como gentileza — a fim de permitir que lembrasse os bons tempos. Ela tinha mesmo dirigido um pouco, os olhos brilhando, o rosto inundado de felicidade; e de repente, freando, atirava-se ao meu pescoço. Levei-a ao apartamento. Noite inesquecível, paulista. Apagou todas as noites anteriores. Todas.

Na manhã seguinte mostrava-se muito inquieta. Não se lembrava de nada do que tinha acontecido na noite anterior. Teria saído de uma festa com um homem; teriam discutido; teriam trocado tapas e bofetões, ele então abandonando-a no meio da rua. Contando-me estas coisas constrangedoras, começou a chorar.

Consolei-a. Eu me sentia um verdadeiro cavalheiro, paulista, forte, gentil.

De repente olhou o relógio: oito e meia, já! Saltou da cama e começou a se vestir, dizendo que estava atrasada para o trabalho. Mas hoje é sábado, eu disse. Ah! — ela. É verdade, é sábado. Suspirou, deixou-se cair na cama. Mulher séria. Séria, mas linda. Trinta e seis anos, mas muito conservada, os seios empinados: coxilhas. E uma artista na cama, paulista, verdadeira artista.

Ficamos ali sábado e domingo. Ali, naquela cama, paulista, naquele feudo de amor. Feudo de amor. Gostaste desta, paulista? Tu, que és das capitanias hereditárias, gostaste desta?

No sábado, ainda fomos razoáveis — comemos ao meio-dia, pouco, porque eu não tinha muita coisa no apartamento. E palestramos, ela contando que tinha dois filhos, que trabalhava num escritório. O marido, safado, a abandonara sem nada.

No domingo simplesmente nos esquecemos de tudo, paulista.

Não adianta, não posso te dizer nada a respeito. Nem que enchas esta lata de dinheiro, nem que me abras uma caderneta de poupança. É que simplesmente não me lembro do domingo, paulista. Foi bom, mas está distante demais, envolto em névoa. Névoa rósea, se quiseres: o fato é que não lembro de nada.

Na segunda-feira nos deu fome de verdade, de modo que resolvemos descer para comer alguma coisa. No elevador, nos sorríamos; mas ali mesmo no elevador começaram as complicações.

No terceiro andar entrou uma moradora do prédio. Uma mulher gorda, metida, que havia me submetido a um interrogatório cerrado quando eu me mudara para o edifício. Quem eu era, o que fazia, quem era meu pai.

Olhou-nos de alto a baixo. Não disse nada, mas eu podia adivinhar o que estava pensando: o velho se matando na fazenda, era o que ela pensava, e o filho aqui prevaricando. Não me intimidei: ofereci o braço a Júlia. Ela porém não ousou segurá-lo, tal era o poder daquela gorda no elevador.

Caminhamos pelo longo corredor do edifício — coisa penosa, a gorda sempre atrás — e chegamos à porta. A luz do sol, o estrugir do tráfego, nos fizeram recuar. Mas a gorda vinha vindo, de modo que tomamos impulso e nos lançamos para fora. Estonteados como morcegos, dirigimo-nos a uma lanchonete.

Ela se incorporou mais rápida do que eu. Sentada no tamborete, mastigava com energia o pão com manteiga, tomava o café a grandes goles, murmurando, tenho de ir ao banco, à lavanderia... Parecia ter me esquecido. Consultou o relógio — estou atrasada, puxa vida, como estou atrasada — me olhou e só então sorriu. Ah, Mário, se soubesses que confusão — disse.

Voltamos ao apartamento, ela apanhou as coisas dela, sempre olhando o relógio. Quis despedir-se de mim com um beijo rápido. Mas aí eu a segurei e perguntei quando nos veríamos de novo.

Me olhou, muito séria, e disse que não ia dar, de maneira nenhuma. Sou uma mulher cheia de problemas, disse, não posso me dar ao luxo de aventuras com estudantes. Quis se desprender, mas eu a segurei, exigi que marcasse um encontro. Suspirou, concordou. Mas tem que ser na minha casa, disse. Não quero gordas me olhando no elevador.

Naquela noite, todas as noites daquela semana, fui à casa dela. E sabes que não se desfez o encanto, paulista? Ao contrário. A paixão aumentava. Noites de paixão, dias de paixão. Eu mal podia me concentrar nas aulas. Olhava os colegas, pensava: será que eles sabem o que é ter uma mulher? Uma grande fêmea? Uma vez fiquei tão tomado de paixão que resolvi — eram três da tarde — procurá-la no escritório.

Não cheguei a entrar na sala dela. O que vi pela porta envidraçada não me agradou nem um pouco: ali estava ela, sentada num banquinho giratório, rodeada de homens, as pernas à mostra — e rindo. Rindo de quê? Das sacanagens, claro. Das sacanagens que lhe contavam. Das sacanagens que lhe propunham.

Me viu, me fez um sinal. Virei as costas e fui embora.

Naquela noite botei as cartas na mesa. Assim não vai dar, eu disse. Mulher minha é só minha. Mulher minha não fica se exibindo para homens. Mulher minha fica em casa.

Riu: e quem é que paga o aluguel? Quem é que paga a comida? Quem é que paga o colégio dos meninos?

Eu, respondi.

Tu? — riu de novo. Com que dinheiro?

Eu te mostro! — gritei. Te mostro com que dinheiro!

Me levantei. Se encolheu, com medo que eu fosse lhe dar uns tabefes; ficamos nos olhando, ela me estudando — era esperta, aquela mulher. Está bem, disse, se tu me garantes o sustento, eu deixo o emprego.

Garanto, respondi. Ela pegou lápis e papel: vamos fazer as coisas direitinho. Tu me abres uma conta no banco e depositas, para começar... vamos ver.

Fez as contas. Era um bom dinheiro. Muito mais do que eu recebia de casa.

Mas eu tinha empenhado a minha palavra de homem.

Foi o que eu disse na carta a meu pai: empenhei a minha palavra de homem, meu pai, eu sei que a situação aí não está boa — mas é o nosso nome que está em jogo.

Coloquei a carta no Correio pensando no que aconteceria quando meu pai a recebesse. Eu estava vendo a cena; ele, lendo à luz do lampião, a testa franzida, os lábios apertados; ele saindo, pulando no cavalo, galopando pelos campos. Artêmio galopando atrás, alcançando-o, a cara retorcida de ódio: o senhor não pode consentir nesta safadeza, pai, o senhor não pode permitir que aquele vagabundo fique trepando na cidade enquanto os peões se matam aqui.

Mas, paulista, eu estava prevendo também a resposta do meu pai. Eu estava vendo o meu pai sofrear o cavalo, eu o estava vendo a gritar: quem é que manda aqui? Quem é que manda nestas terras? Se meu filho quer ter uma mulher, terá a mulher! E eu estava vendo o Artêmio se afastando a galope, irado demais para responder.

Estás gostando, não é, paulista? Conflitos familiares te deliciam... Imaginas o meu irmão partindo para não mais voltar... Não podes conter o riso... Teu nome é Nicolo? Então, por que te agrada a intriga? Por que ris?

Ri, paulista. Estás no teu direito. E se gostaste, espera só pelo que vem agora.

Coloquei a carta no Correio, fui direto ao apartamento de Júlia. Chegando lá, encontrei dois rapazes, treze e quinze anos, mais ou menos. Estes são os meus filhos, disse Júlia, chegaram ontem de São Paulo, da casa da avó.

Como vão, eu disse, estendo a mão. Não me retribuíram o cumprimento. O mais velho: este é o macho? — veio com risinhos. O outro também riu. Calem a boca, disse Júlia, e eu: cuidado com a língua, guris. Se cuide você, disse o mais velho, que era bem troncudo. E já se levantou.

Me levantei, ele veio à bala. Acertei-lhe um soco

nos beiços. Tonteou, quase caiu, mas veio de novo e eu, pumba!, uma chapoletada do lado do ouvido. Quis me mandar um pé nos bagos, o traiçoeiro, mas eu me esquivei e dei-lhe outro murro, este para liquidar. Júlia gritava, o guri ficou caído, gemendo. Eu vibrava, sentia acordar em mim o espírito dos caudilhos do pampa!

Aí o outro veio por trás e se agarrou ao meu pescoço. Se aferrava como um doido, quase me sufocando — eu tenho o pescoço delicado, sabes. Cambaleei de um lado para outro, derrubando os móveis. Fomos parar no quarto e ali me vi ao espelho, cavalgado por aquele moleque. Ria, o tarado!

Fiquei louco. Com um safanão joguei-o ao chão, enchi-o de pontapés. Ficou ali, como morto.

Júlia chorava. Eu fui embora.

Voltei para o meu apartamento, esvaziei meia garrafa de conhaque. E dormi o resto do dia.

À noite retornei à casa de Júlia. Abri a porta com a minha chave. Encontrei-a sozinha, sentada no sofá da sala. Os filhos, pelo jeito, tinham ido embora.

Me olhou. Sem uma palavra, abriu o bloco que tinha no colo e começou a ler: *Um abajur de seda com suporte de alabastro; outro, idem, idem, maior; um cinzeiro em cristal da Boêmia, azul...* E assim por diante, listando cada peça quebrada e o preço. Terminou dando o total da despesa.

(Quanto era, paulista? Não me lembro. A moeda era diferente naquela época, te recordas? Era o cruzeiro velho. Não, não me lembro. Sei que gostas de contas, mas não posso te informar quanto deu a soma. Lamento, por teu amor à exatidão.)

Preenchi um cheque. Conferiu-o, guardou-o na bolsa. Olhou-me — e de repente pôs-se a rir. Não vejo motivo para riso, eu disse, surpreso e irritado. Mas ela ria, ria sem parar, e então eu comecei a rir também — éramos cúmplices na sacanagem. Puxou-me para si, rolamos pelo chão, nos beijamos, nos mordendo. Meu amor, ela gemia. Por Deus, pensei, vai ser a maior foda do mundo.

Não foi a maior foda do mundo, paulista. Nem a menor. Não houve nenhuma foda. Neguei fogo, paulista.

(Não sabes o esforço que me custa confessá-lo. Mas para um ouvinte atento tudo deve ser dito: neguei fogo. Brochei.)

Penso agora que aquele foi o instante supremo, o instante que antecipou tudo — inclusive eu estar aqui sentado, te falando. E o lembro muito bem. Lembro as confusas imagens que me povoaram as retinas quando minhas pupilas se dilataram de espanto e, porque não dizê-lo, de terror. Estandartes de couro esfarrapado drapejando ao vento. Línguas sangrentas caindo como chuva do céu. Vacas lambendo vaginas de velhas. Coxilhas arrancadas, como seios decepados, da terra. A cara enorme de Artêmio, vermes entrando e saindo de buracos em sua pele. Minha irmã, pelada, fazendo caretas e mostrando a língua. Meu pai me olhando, acusador. Soavam em meus ouvidos gritos de pavor, risos debochados, assobios, uma vozinha fina. Eu me sentia sacudido por forças poderosas, eu me sentia puxado, repelido, jogado para cima e para baixo, para um lado e para outro, a cabeça girando, o estômago revoltado.

Meus dedos trêmulos foram em busca do guerreiro. Encontraram-no sumido entre as pernas, encolhido como uma avezita doente. Não pode ser! — gemi. Agarrei-me à Júlia, como um desesperado: nada. Tentei de novo, imaginando-a nua a correr pelas coxilhas, eu galopando atrás dela, e derrubando-a, possuindo-a entre flores silvestres — mas, e a carantonha do meu irmão, suspensa do céu do pampa? Então, então — Júlia e eu dançando um tango, nus... Mas, e o olhar do meu pai?

Loucuras de Mamãe.

Que foi? — ela perguntou, e eu, confuso: não sei, não estou com vontade, acho que estou meio doente.

Melhor deixarmos então — ela disse.

Levantou-se. Em silêncio, deitamo-nos na cama, nos cobrimos.

Dormi um sono inquieto. Quando acordei Júlia já tinha saído — para compras, dizia o bilhete na mesa-de-cabeceira. A cabeça me estalava. O pescoço — eu tinha dormido meio torto — me doía. Levantei-me a custo, tomei um banho frio — e era inverno, paulista, era agosto — e fui para a Faculdade. É melhor a gente deixar por hoje, paulista. Cansei. Volta amanhã.

VINTE E CINCO DE AGOSTO, SEXTA-FEIRA

Ah, estás aí, paulista. Há tempo? Me desculpa, não notei a tua chegada.

É que estou meio apreensivo hoje. Recebi a visita do meu astrólogo. Um homem muito bom, este astrólogo, me atende aqui mesmo. Sabe que não posso me deslocar então vem lá do fim da linha do Partenon especialmente para me ver. É claro que eu pago, paulista. Tudo o que já me deste entreguei a ele.

(Não, paulista, não é dinheiro perdido. É investimento, sabes? Conhecer o futuro é investimento. E é muito bom, este astrólogo. Discípulo do Professor Mattos. Eu sei, paulista, que o Professor Mattos profetizou uma guerra para 1962 ou 1963. Tu me dirás que não houve guerra alguma e eu te perguntarei: como é que tu sabes? Garantes que não houve guerra naqueles anos? Garantes que em alguma parte do mundo, ou em todo o mundo, inimigos não se enfrentaram, silenciosos, mas nem por isso menos ferozes? Respeita os astros, paulista. Não são globos de luz pendendo do teto do universo. São olhos que nos vigiam. Deles emana energia.)

Estou apreensivo, paulista. Meu astrólogo me recomendou cautela. Cuidado com o dia que antecede a tempestade, ele disse. Cuidado com o vento que sobe a Ladeira. Cuidado, ele disse, o ódio está contido — mas pode explodir.

Pedi-lhe detalhes; respondeu que de momento nada mais poderia dizer. Ficou de voltar daqui a alguns dias. Entrementes, me aconselhou a estar alerta.

Que achas disto, paulista? Na tua opinião, que perigo pode estar me ameaçando? Hein? Que dizes?

Não dizes nada. Então bota o teu dinheiro aí. Anda. Paguei o astrólogo e agora estou a zero.

A caminho da Faculdade, paulista, eu ia pensando nos acontecimentos da noite anterior. Tudo me parecia muito confuso, muito irreal. Quem sabe foi sonho? — me perguntei. Não, sonho não tinha sido, mas um mal-estar passageiro talvez sim. Claro! Um mal-estar passageiro! Uma coisa que pode acontecer a qualquer um! Animado com esta hipótese, entrei na Faculdade.

Encontrei o ambiente conturbado. Mário me puxou para um canto e me contou: Manuel e o outro, aquele cujo nome não lembro, tinham se pegado a socos. O culpado fora, naturalmente, o Manuel, que chamara o outro de nazi. Acho que o Manuel está ralado — disse Mário, sorrindo. Não gostava muito do judeuzinho.

Eu não disse nada. Aquilo já me parecia distante. Ominosamente distante.

O servente apareceu: por favor, senhores, vamos entrar nas aulas, o Diretor está pedindo!

Entramos. Sentei no meu lugar, na última fila. Suspirei, coloquei os óculos escuros. O que estava acontecendo comigo? Uma dúvida. Outra dúvida: que resposta daria o pai à minha carta? E mais dúvidas: o que é a vida? Para que vivemos?

Encostei a cabeça na parede. Friozinho hoje, hein, Zé? — a vozinha, lá dentro. Vozinha de eunuco humilde. Lá na frente o professor discorria sobre um assunto qualquer. A meu lado, Mário lia o jornal. *Duzentos mil grevistas estão abalando a economia do Chile. Para quem gosta de música selecionada a Rádio da Universidade do Rio Grande do Sul desponta como uma gota d'água no deserto. Grêmio escalado e Ênio Rodrigues jogará. Prosseguem com muita animação julgamentos da Exposição do Menino Deus.*

Me levantei, saí precipitadamente da aula. Fui ao banheiro. Tirei o membro para fora, examinei-o. Não havia nada de anormal, aparentemente. Não estava escalavrado, não estava ferido, não estava frio. Então, o que tinha acontecido? De súbito me ocorreu: a casa de Júlia é que tinha me inibido. Território minado, aquela casa, cheia de rancores — dela contra o marido, dos filhos contra ela e contra mim. O retrato pendurado na parede do quarto? O retrato de um homem severo, de barba? E a misteriosa escultura, na sala, uma espécie de figa? Eu sabia bem pouco daquela Júlia; mas me fascinava, ela, e eu a queria. Naquele momento — resolvi. Eu a queria naquele momento, e no meu apartamento. Lá eu não poderia falhar.

Fechei a bragueta, saí do banheiro e telefonei para ela, da secretaria da Faculdade. Vem para o meu apartamento — eu disse. Agora? — ela parecia hesitar. Agora! — berrei. Os funcionários se voltaram para me olhar. Agora, repeti num tom mais baixo, agora mesmo Júlia, preciso te ver, Júlia.

Subi a lomba do Sétimo, subi rápido, quase correndo, sentindo o sangue me latejar na cara. É agora ou nunca, eu murmurava. Aquele homem está falando sozinho, disse uma menina à mãe. Não parei para dizer, sim, menina, estou falando sozinho, estou alucinado, menina, porque é agora ou nunca.

Passava um bonde Duque, um gaiola. Saltei para o estribo, o bonde andava devagar demais, desci — o cobrador gritou: olha a passagem, sem-vergonha — corri para casa.

Abri a porta do apartamento. Júlia não tinha chegado. Mas eu não me continha. Tirei toda a roupa, pus-me a andar de um lado para outro. Servi-me de conhaque, uma dose generosa que engoli de um trago. E me atirei na cama.

Ela estava demorando.

Deitei-me. O sangue arrefecia, o coração batia mais devagar. Senti frio, cobri-me com o poncho. E fiquei ali, o olhar fixo no globo do teto.

Deixa passar a moça, paulista. Sexta-feira, fim da tarde, está todo o mundo apressado, todo o mundo querendo ir para casa.

Aqui é bom, não te parece, paulista? Um pouco frio, no inverno — mas com este poncho, te garanto, estou bem abrigado. É um tecido muito bom; além disto, ao longo destes anos, o suor, a gordura, a fuligem, o pó, misturados numa espécie de pasta foram selando todas as frestas e os orifícios deste pano, endurencendo-o e tornando-o completamente impermeável. Abrigo indevassável. O ar quente do verão fica armazenado até o inverno.

Moro aqui, paulista. Quando te vais, é neste local que continuo. Tenho muita dificuldade de me mover, sabes. Então prefiro ficar por aqui mesmo. Fiz deste lugar a minha casa. Este portal é o meu quarto de dormir, minha sala de visitas, meu salão de refeições.

O banheiro, paulista? É aquela boca de esgoto, estás vendo? Naturalmente, só faço as necessidades à noite, de manhã cedo, ou em horas de muito movimento. O procedimento é simples. Tudo que tenho a fazer é me acocorar ali — o poncho me protege dos olhares indiscretos. Fácil, como vês. Não preciso puxar a descarga. É um negócio direto — da fábrica para o consumidor, como diria meu irmão. Ele agora está em São Paulo, é dono de uma indústria de eletrodomésticos. Não o conheces, paulista? Pena. Gostaria de mandar-lhe um abraço. Fiquei sabendo de seu sucesso por uma revista Visão que um cavalheiro deixou cair. É, paulista — o cavalheiro deixou cair e não voltou para apanhá-la. Foi assim mesmo. Eu não roubo, paulista. Sou um molambo, mas não roubo.

Finalmente ela chegou. Muito bonita, muito elegante, o cabelo arrumado (por quê?) mas agitada — no centro falavam em Jânio, em Lacerda, alguma coisa estava ocorrendo em Brasília.

Sorriu, tirou a roupa, deitou-se junto a mim. Como estás frio, admirou-se. Eu estava frio, paulista. Eu estava gelado.

Puxei-a para mim, beijei-a. Beijou-me o pescoço, mordeu-me a orelha. Rapidamente tirou a roupa. Nos deitamos.

Nada.

Nada *mesmo*. Eu estava amortecido como um dente anestesiado. Ela me acariciava, me beijava — nada. Eu não era inimigo. Eu estava fora de combate. Eu já era, paulista!

Apavorado, tentei de novo, e de novo, até ficar molhado de suor, de um suor frio — e nada. Rolei para o lado, fiquei deitado de costas, olhando o globo.

As sombras invadiam o quarto. Ela acendeu a luz, olhou o relógio. Tenho uma idéia, disse, procurando dar um tom casual à voz (naquela ocasião não me dei conta, paulista, mas hoje me dou conta e sou grato a ela, àquela mulher sofrida, àquela mulher esperta, mas amarga; amarga mas sensível). Vou preparar alguma coisa para comermos, depois vamos ao teatro. Vamos ver a companhia de revistas que está no Rivoli.

Não respondi. A iniciativa agora era dela: eu estava arrasado.

Foi preparar o jantar.

Me levantei, fiquei-me olhando ao espelho. Ali estava, encolhido, o pequeno guerreiro. Adormecido. Ou morto?

Não é para rir, paulista. Hoje sou um homem calmo, mas naquela época me continha a custo. Aterrorizado, chamei por Júlia. Ela veio correndo, pano de prato na mão, arranquei-lhe o pano, atirei-o longe, arranquei-lhe o chambre, abracei-a. Nos deitamos de novo.

Nada.

Quem sabe vais a um médico, murmurou — e agora havia um certo travo em sua voz, uma rouquidão, uma fadiga, um desânimo, um azedume. Quem sabe, eu disse.

Se desvencilhou de mim, foi preparar o jantar. Comemos e depois fomos ao teatro. A revista era *Gagarin na Lua* (Gagarin chegou à Lua - este l minúsculo — paulista? Os americanos eu sei que sim, mas Gagarin — chegou à lua? Outro russo não? Tens certeza? Bom).

O público era pequeno. Quase só homens, e algumas mulheres dali mesmo, da Sete de Setembro. Reconheci uma bailarina do Maipu que me mandou beijos. Júlia me olhou, ofendida. Se te ofendes, por que me convidaste a vir aqui? — eu poderia ter perguntado. Não perguntei. Olhava para as coristas gordas e sem graça que rebolavam no palco. Foi por isso que ela quis vir — eu pensava. Uma boa intenção, reconheci, mas irremediavelmente inútil.

À saída do teatro ouvimos o porteiro dizer a um brigadiano que Jânio tinha renunciado.

Voltamos para casa. Considerável número de populares bradando viva Jânio, concentrava-se diante do Palácio Piratini.

Hoje faz uma semana que estás aqui, não é, paulista? Não pretendes voltar para a tua terra? Não? Mas afinal — quem és? E o que estás fazendo aqui?

Bom. Não é da minha conta, eu sei. Está bem. Se quiseres voltar amanhã, estarei aqui.

VINTE E SEIS DE AGOSTO, SÁBADO

Acordei — não te esquece de tua contribuição, paulista — sobressaltado: ruídos na porta da frente. Júlia dormia. Passei a mão no revólver e corri até o living (espaçoso, com bela vista sobre a cidade).

Era o jornal, paulista; era o Correio do Povo que estava sendo introduzido sob a porta, com alguma dificuldade (por causa do Suplemento, como vim a descobrir logo depois. Fecha parênteses). Aproximei-me e puxei violentamente o jornal. O susto que o homenzinho deve ter levado! Tirei as trincas da porta, abria-a. Ninguém.

Preparei o chimarrão e me sentei a ler as manchetes.

Abalado o país com a surpreendente renúncia de Jânio Quadros à Presidência da República — Deixou o Palácio chorando — Não deu golpe militar porque não quis — João Goulart ainda hoje deverá assumir o Governo da República — Governador do Estado aos deputados: Eu não aceitarei qualquer golpe e pretendo resistir.

E ali estava a notícia da cena que havíamos testemunhado e que te contei ontem fazendo minhas as palavras do jornal de hoje — de hoje, minto (minto muito, paulista? Que achas?); daquele sábado:

Às 20,30 h de ontem considerável número de populares bradando "Viva Jânio" concentrou-se diante do Palácio Piratini.

— Um frouxo. Não é homem, esse. É um frouxo.

Júlia, lendo o jornal por cima do meu ombro. Detive-me, as mãos crispadas. Quem era frouxo? Mas ela já continuava; que aquele nunca deveria ter sido eleito, um bêbado, um covarde.

Ah. Não era de mim que falava.

O punhobol em foco.

Estou pensando em passar o dia com meus filhos — disse Júlia, servindo o café. O tom era atencioso: pedia meu consentimento. Reconhecia minha autoridade, apesar de tudo, apesar do duro transe por que eu passava.

Aquilo me alegrou, paulista. Não posso negar que me alegrou. Uma alegria melancólica — mas sempre uma alegria.

Sim, eu disse. Podes ir, Júlia. Aliás, eu também vou sair.

Entrei no carro.

Mais uma vez admirei a sóbria elegância daquele interior: mais uma vez senti a maciez do estofamento, daquele couro que não tinha furos nem gretas. Mais uma vez uma volta da chave na ignição pôs em movimento o possante motor. Mais uma vez deslizei suave pelas pedras do antigo calçamento. Boa máquina. Funcionasse eu tão bem.

A Faculdade fervilhava de gente. Não havia aula.

Fui ao Centro Acadêmico. Grupos estavam reunidos, discutindo o assunto do dia. Grupos separados: num, Manuel e seus amigos; noutro, o colega aquele, sabes, aquele cujo nome não lembro. Sentado a uma mesa, Mário confabulava em voz baixa com o servente da Faculdade. Que negócios poderiam ter em comum? Dez mil latas de azeite estocadas, para o caso de faltar alimentos? Câmbio negro de dólares? De uísque?

Me agarraram pelo braço, uns colegas, me perguntaram o que eu achava das forças ocultas, do renunciante Jânio. Eu não achava nada, e foi o que eu disse: não acho nada, colegas, confesso que não estou bem ao par. Iam rir, mas não se atreveram a rir; conheciam bem o destino de certos globos de luz, paulista.

Fui ao banheiro, olhei-me ao espelho. Eu estava pálido, paulista (alguma doença?). Tirei o poncho, abri a braguilha, urinei. A urina tinha a cor de sempre. Um toco de cigarro que estava no mictório desfez-se sob a pressão do jato. Desprendeu-se o papel, um pequeno retângulo branco com uma tarja preta do queimado. Os filamentos amarelos do fumo iam sendo levados para o ralo pela água que ali gorgolejava tristemente; e era o único ruído naquele banheiro. Lá fora, vozes discutindo acaloradas; ali dentro o ruído da água. E o meu fundo suspiro.

Saí. Tomei o rumo do Parque da Redenção. Eu nada via de heróico, ali. Umas árvores. Uns macacos pulando na jaula. Guará, o lobo do mato, andando inquieto de um lado para outro, ema apresentando-se apenas como uma ave lamentável. Casais de namorados abraçando-se. Pequenas pontes em cimento, sobre charcos. Pipoqueiros. Crianças correndo, perseguidas por suas mães: era sábado; era a hora próxima ao meio dia. O Parque estava em paz.

Há certas horas em que o sol brilha para todos os porto-alegrenses; só não brilha para mim. Minhas pupilas se dilatam: sombras grotescas dançam diante de meus olhos. Cerro as pálpebras. Continuam a bailar, agora dentro do meu cérebro. Atravessam os ossos do meu crânio como os antigos fantasmas atravessavam paredes.

Entre estas sombras procuro a imagem que enfim dará sentido a tudo. Suspeito que esta busca é inútil, paulista. Suspeito que a visão mágica não está nem fora nem dentro do crânio, mas sim dentro do osso. Como a vozinha incrustada na grossa parede da Faculdade. Soará ainda esta voz, paulista? Em agosto de 1961 soava.

Preciso comer, murmurei. Um brigadiano que passava por mim olhou-me com suspeição. Preciso comer, repeti — agora para mim mesmo. Preciso comer, preciso de substância — preciso de carne e sangue.

Levantei-me, saí a caminhar, entrei numa churrascaria.

Uma churrascaria pequena, suja. Um homem saiu de trás do balcão, um homem grande e balofo; um homem calvo e de bigodes grisalhos. Um homem muito branco. Um homem que me perguntou, enquanto limpava as mãos no avental manchado:

— Churrasco ou galeto?

Olhei para o balcão. Uma mulher — a dele, provavelmente — enfiava pedaços de frango num espeto, e me sorria. Noutro espeto, um frango inteiro enfiado.

— Churrasco. Mal passado.

Um churrasco mal passado, gritou para a mulher. Voltou-se para mim, com um sorriso de dentes amarelados: e o homem parece que não se agüentou mesmo, não é?

É, eu disse. É a sua esposa que faz o churrasco? perguntei. Não é a minha esposa, respondeu, vivemos juntos mas ela não é a minha esposa, mas é boa de cama e faz um churrasco que é uma maravilha, o senhor vai ver, não tem assador melhor do que ela. Inclinou-se para mim: e o senhor aproveite, amanhã não sei se teremos churrasco, um amigo meu que é figurão da política disse que isto vai virar uma bagunça, até comida vai faltar. Olhou para o balcão — a mulher sorria — continuou: ele disse que até guerra civil pode dar. Ouça o que estou lhe dizendo.

Afastou-se, limpando as mãos no avental. Do balcão ainda me disse: o senhor vá por mim que eu sei o que estou falando.

A mulher trouxe umas fatias de pão e um pedaço de manteiga — na qual estava presa uma mosca, que ela libertou com os dedos e atirou para o ar: sai daqui, mosca! Perguntou o que eu queria beber. Pedi cerveja. Fiquei a olhá-la. Parecia feliz. Devia atendê-la bem, o dono da churrascaria.

Veio o churrasco. Vamos ver se adivinhas, paulista; como estava o churrasco? Bom? Ruim? Horroroso? Sofrível? Se optaste pela terceira tentativa acertaste em cheio, mas se pensaste em *ruim* te darei meio ponto. De ruim para horroroso, mas mais para o horroroso. Porém, paulista, eu precisava me fortificar — e comi, comi muito.

A cerveja me deu sono. Voltei ao apartamento, me deitei, vestido mesmo.

Dormi um sono bruto e quando acordei já era noite.

Deitado de bruços sobre o travesseiro molhado de baba, eu espiava pelas pálpebras semi-cerradas a janela iluminada a intervalos por tênues clarões avermelhados. Guerra?

De repente, tive a sensação que o guerreiro despertava. Tive a sensação que ele vibrava, que se entumescia de encontro ao colchão.

Saltei da cama, peguei as chaves do carro, desci correndo as escadas — eu não podia esperar o elevador, paulista! O caso era urgente!

Entrei no carro, virei o arranque. Nada. Virei de novo: nada, o motor não dava sinal de vida. Mas logo hoje! — gritei, logo hoje que preciso de ti, vais me falhar!

Não falhou. Pegou. Estava frio, só isto. Estavas frio! — berrei. — Estavas frio, amigo, só isto! Mas já vamos nos esquentar, amigo! Vamos ficar em brasa, amigo!

Arranquei. Desci em direção à Sete, ao ponto das mulheres, rezando que Rosa ou Camélia estivessem lá.

Eu estava com sorte. De longe avistei as duas. Me aproximei, buzinando e fazendo sinal de luzes. Vieram correndo: Mário, há quanto tempo, onde é que andavas — Eu não queria muita conversa: subam, eu disse. Elas, ao mesmo tempo: qual? Eu, rindo: as duas! Vocês as duas! Hoje tem para as duas!

Elas — mas é bem tarado, este rapaz! — subiram, rindo.

Fomos para a Brizolândia.

Rosa ficou no banco da frente; fui com Camélia para o banco de trás. Camélia tinha a fama de ser a melhor — e de fato, trabalhou bem, naquela noite. Estava inspirada. Fez tudo o que sabia, e da maneira mais delicada, mais sensual.

Nada.

Levantou a cabeça, estranhando: ué, o que é que houve, bem?

Não sei, resmunguei, acho que não estás no teu dia hoje, Camélia. Passa aí para a frente, deixa a Rosa tentar.

Veio a Rosa: a Camélia não é mais a mesma, Mário, deixa comigo.

Deixei com ela — e *nada*. Ficou ofegante, e *nada*.

Venham as duas — gemi, em desespero. Vieram as duas, e quase nos sufocávamos naquele banco de trás, uma por cima, outra por baixo, uma de um lado, outra de outro, e lá pelas tantas se desentenderam, Rosa disse que Camélia estava se passando com ela. Se pegaram a tapas, me deu trabalho separá-las. Vamos embora, disse a Rosa, amuada. Suspirei, liguei a máquina, voltamos ao centro da cidade.

Acho bom tu ires a um doutor, Mário — disse a Camélia, quando eu as deixei no ponto. Agradeci, perguntei quanto era, e elas: nada, Mário, não é nada, nós é que agradecemos pelo passeio. Estavam com pena, paulista, com pena de mim. Duas putas com pena de mim. Tal era a humilhação que eu tinha de suportar.

Voltei para o apartamento.

Júlia, de óculos, sentada na poltrona, lia o jornal. Olhou-me, não disse nada.

Alguma novidade do Jânio, perguntei. Nada, ela disse, que eu saiba não há nada.

Dobrou o jornal, tirou os óculos, levantou-se:

— Vou me deitar. Amanhã é outro dia.

Vamos ficando por aqui, paulista. Amanhã é outro dia. Não te parece, que amanhã é outro dia? É outro vinte e sete de agosto, outro domingo — e as coisas agora são muito diferentes. Mas não estás interessado nas coisas de agora. Estás interessado em 1961, no guerreiro e em suas desventuras.

Está bom. Volta amanhã, então. E não esquece... Eu sei que não vais esquecer. Só quero que esta recomendação se incorpore a ti, que fale de dentro dos teus ossos, uma vozinha: o dinheiro para a lata! O dinheiro para a lata! Gravou? Até amanhã, então.

VINTE E SETE DE AGOSTO, DOMINGO

Da janela eu via os fiéis acorrendo à Catedral para a missa e me perguntava: onde ficou a minha fé? A fé ingênua de minha infância? A fé do cavaleiro Rolando? Deus me ajudaria. Me ajudaria? Depois de uma noite com Rosa e Camélia (mesmo considerando o fracasso)? E já puseste a tua contribuição aí na lata?

Um longo domingo estava diante de mim. Um longo e sombrio domingo. Eu bem quisera ter dormido até mais tarde. Mas não, me levantei, fui até a janela. Era grande o movimento na Catedral. Também era grande o movimento no Palácio. Gente entrando, gente saindo. Um homem embuçado numa manta. Embuçado, por quê? O que estava havendo, ali?

Até aquele ano, até aquele 1961 — e mesmo até o agosto — eu não tinha me interessado muito por política. Eu era um leitor distraído das manchetes de jornais, só isto. Aliás, quando o Correio do Povo apareceu sob a porta, àquela manhã — empurrado com dificuldade, por causa do volume — e eu o puxei, não foi porque estivesse ansioso por saber das novidades; foi para dar um susto no entregador. Brincadeira de manhã melancólica. Ou não admites que possa ter tido essa inspiração lúdica? Pensas que eu, sentado na poltrona, as lágrimas me corriam? As lágrimas me corriam, sim; mas eu quis me divertir um pouco. Puxei o jornal, abri a porta, triunfante.

Não havia ninguém ali. O corredor estava vazio. Desconcertado, fechei a porta.

Júlia me trouxe a cuia, a bomba e a chaleira. Sentou-se ao meu lado, fazendo as unhas, enquanto eu sorvia o mate. Terminei, passei-lhe a cuia. Cuia, bomba e chaleira, levou tudo para a cozinha. Abri o jornal. Ela voltou, tornou a sentar-se, bocejou, murmurou alguma coisa, examinou as unhas de novo. Um domingo tranqüilo, parecia. Mas não era, paulista. Era um domingo sombrio.

Greve de quinze minutos, em todo o território cubano, pela renúncia do Presidente Quadros. Sindicatos cariocas decretam a greve em favor da legalidade constitucional. Estudantes gaúchos em greve geral.

Acho que foi naquele domingo, paulista, que as coisas começaram a mudar, que o vento começou a soprar de outras bandas. Foi de repente que eu senti a dor no lábio, o lábio que eu estava mordendo. Passei a mão na boca, veio com sangue. O que era aquilo, paulista?

O que é isto, me perguntou a Júlia, e eu: nada,

acho que me queimei com a bomba do chimarrão. Mas está sangrando, ela disse. Me traz um lenço, eu disse. Se levantou, foi buscar um lenço.

Cestas de Natal Amaral. Ao glorioso Padre Reus. Duas irmãs descuidistas agiam no centro da cidade. Agora Willys dá a você o melhor certificado de garantia no Brasil.

Júlia me espiava pelo canto do olho, enquanto soprava o esmalte das unhas.

Buenas! Chegue pra roda, tchê! É Chimarrão Gaúcho! Um convite assim não se recusa.

Eu movendo-me numa atmosfera sombria e rarefeita, ela, sentada na poltrona, o sol a lhe iluminar o rosto. Parecia muito interessada nas unhas, mas eu sabia que ela estava pensando no problema, pensando naquele meu problema, pensando que ele deveria ser extirpado como o dente que o dentista arranca. Um dente minado, um dente roído de cárie, um dente que não é capaz de morder porque a côdea do pão envolve-o, penetra-o, um dente que só faz doer, doer, um dente que desperta gemidos agudos — este dente tem de cair. Não há porque poupá-lo.

Decidi ir ao médico naquele momento. Não esperaria pelo dia seguinte. Levantei-me. Vais sair? — perguntou. Vou, eu disse, vou jogar uma sinuca. Cuidado, ela disse, o pessoal está muito agitado. Pode deixar, eu disse. Vesti-me rapidamente, enfiei o poncho e saí.

Aquele homem que caminhava à minha frente na rua tranqüila, aquele homem velho, com cara de estrangeiro, com cara de judeu russo; aquele homem que apertava o passo, que se voltava para me olhar — o que era o terror na face daquele homem? O que o apavorava em mim? O poncho? O olhar fixo? Ou seria a lembrança das irmãs descuidistas soltas no centro da cidade?

O médico, conterrâneo de meu pai, era um homem idoso. Morava numa casa antiga, nos Moinhos de Vento. Recebeu-me de bombachas; desculpou-se, disse que estava saindo para a fazenda com o genro. Volto outro dia, eu disse. Não, não, que esperança! Fez questão que eu entrasse, conduziu-me ao consultório. Ali, entre estantes de livros velhos e quadros de cavalos de raça, perguntou-me o que eu sentia. Nós dois sentados, ele atrás de uma grande escrivaninha de madeira trabalhada, eu numa poltrona de couro. O que é que te incomoda, ele perguntou — meio distraído, segundo me pareceu — e eu ia começar a explicação, já tinha limpado a garganta, já tinha chegado mais para a frente na poltrona, já tinha esboçado um gesto de mãos, um gesto expressivo, mas aí o genro pôs a cabeça pela porta, disse que estava esperando no carro, e aquilo foi um balde de água fria, um soco nos meus peitos. Ou talvez não fosse, não sei; o que estou querendo dizer é que não havia clima, paulista. Sabes? Houvesse clima, fosse outro o médico, a coisa poderia ter se resolvido na manhã daquele domingo, talvez até de maneira simples — e eu não estaria aqui. Mas estou aqui. Já vou, disse o doutor, termino de atender o nosso amigo aqui e já vou. E para mim: pode falar, meu caro, sou todo ouvidos.

Eu tinha perdido o embalo. Confuso, irritado, contei-lhe o caso, gaguejando, as orelhas me ardendo. Riu, disse que aquilo não era nada, que podia acontecer a qualquer um, a qualquer macho. Me receitou umas vitaminas, um pouco de passiflora e foi se levantando, eu também me levantei; admirou o meu poncho, perguntou se era trabalho de minha avó, eu disse que sim. Logo vi, ele disse.

Me levou até a porta, a mão no meu ombro. Aquela mão, paulista, era um consolo e um incômodo; era cálida, mas pesada. Me confortava e me empurrava (discretamente, mas empurrava). A lã do poncho a isolava de mim, a neutralizava. Mas não seria a lã do poncho cúmplice daquela mão? Não haveria continuidade entre os pêlos do dorso e as fibras do tecido? Não era o momento de fazer tais perguntas. Ele estava me recomendando que eu tivesse coragem; eu disse que sim, que teria coragem; que acreditava que aquilo era um problema passageiro, sem maior importância; agradeci, perguntei quanto era a consulta. Que esperança, ele disse, não é nada. Enquanto eu puder, acrescentou, enquanto eu for dono do meu nariz e das minhas terras — e agora já estava gritando, paulista, aquele velhinho gentil — não cobrarei dos meus amigos.

O genro fez-lhe um sinal do carro.

Já vou! — gritou. E para mim: — Ele quer ir à fazenda para ver se está tudo bem por lá.

Despedi-me.

A porta fechou-se atrás de mim, uma pesada porta de madeira trabalhada (cabeças de grifo, rácimos de uva, sátiros e serpentes).

Empreendi lentamente a marcha de volta, pela rua deserta e silenciosa.

De repente uma mão em meu ombro. Não era a mão do doutor; eram uns dedinhos finos e duros, uma garrinha tímida.

— Faz favor, seu...

Me virei. Era o velho que eu antes seguia. O que é que há, eu disse meio irritado. O velho pediu desculpas, identificou-se: sou o pai do Manuel, o senhor não me conhece, mas eu lhe conheço, já vi o senhor com meu filho.

(De manhã, acordava o filho amorosamente: anda, filho está na hora da aula. Seguia-o, disfarçadamente, até a Faculdade. Entrava num bar, do outro lado da rua, e de lá, das sombras, vigiava a porta de ferro trabalhada. Ver seu filho surgir do interior majestoso era uma suprema emoção. Só com o correr das semanas é que foi aprendendo a distinguir os que o acompanhavam. Entre eles, o moço do poncho.)

— O senhor me desculpe — disse de novo — mas é que estou muito preocupado.

Baixou a voz: o Manuel não aparecia em casa desde sexta-feira. Eu não saberia dele? Não senhor, respondi, não sei de seu filho. Suspirou: este guri me mata, doutor, me mata. Voltou à carga: Manuel não estaria com alguma mulher? Não sei, respondi, brusco. Está bem, ele disse, não vou lhe incomodar mais. E acrescentou: muito bonito esse seu poncho. Sim, tive vontade de dizer, o poncho é bonito, velho, mas o que ocorre por baixo do poncho não é bonito, velho, não é nada bonito!

Mas não disse nada. Despedi-me e segui.

Voltei ao apartamento. Júlia me esperava, com o almoço pronto. Sentei-me à mesa, olhei os pratos.

Quem, daí por diante, pagaria as batatas cozidas? O picadinho de charque? O vinho? O pão?

Terminei de almoçar, estirei-me na cama. Adormeci; acordei ao entardecer — o vizinho de cima estava com o rádio ligado a todo o volume. Música marcial, proclamações — o que era aquilo que eu estava ouvindo? Levantei-me, fui até a janela. O movimento no Palácio continuava, agora mais intenso.

Júlia aproximou-se de mim, abraçou-me, perguntou o que é que o médico tinha dito. Nada, respondi, ele disse que não é nada.

Ela foi se deitar, eu fiquei olhando o Palácio mais algum tempo e fui me deitar também — e tu queres saber detalhes, não é, paulista? Detalhes de mais uma tentativa, que supões de antemão frustrada, mas talvez por isso mesmo queres ver descrita, em todos os detalhes; confias na minha retórica, no meu razoável conhecimento da língua portuguesa. Confias na quantia que depositaste na lata. Mas confiaste demais — por hoje.

(Amanhã: o conflito se agrava. A volta de Bagual. A missão. Isto, entre parênteses, paulista).

VINTE E OITO DE AGOSTO, SEGUNDA-FEIRA

Há onze dias, paulista, chegas aqui ao cair da tarde, sempre com a mesma roupa, os mesmos óculos escuros, a mesma bolsa preta. Pouco falas, nada sei de ti. Mas quem és, afinal, paulista? Não disseste teu nome, não mencionaste a tua profissão. Uso uma linguagem que não sei se é adequada a ti: não sei se estou me dirigindo a um profissional liberal, a um comerciante, a um trapaceiro. Ignoro teu nível cultural. Conheces os afluentes do Amazonas? O que me dizes dos movimentos dos planetas?

Nada. Não dizes nada. Queres ouvir, não falar. Então ouve esta: naquela manhã, parado diante da porta, de cuecas, tremendo de frio, mas rindo sozinho, eu esperava que aparecesse a ponta do jornal — para então puxá-lo e dar um susto no entregador. Isto, às seis e meia. Só às sete me lembrei que era segunda-feira, que naquele dia o jornal não saía.

Preparei o chimarrão e fui para o meu posto de observação. O Palácio já estava movimentado, àquela hora. Nos homens que entravam eu julgava distinguir certos volumes avultando sob os casacos.

Mas o que estava me interessando, no momento, era uma janela — uma das altas janelas do primeiro andar, aquela que fica logo acima da estátua da mulher com os seios à mostra e logo abaixo do frontão. Ali, entre os reposteiros que apareciam por detrás dos vidros, eu julgava distinguir um rosto — um meio-rosto; um bigode — meio-bigode — e um olho, um olho inteiro, um olho solitário; e vigilante como um olho de dono. O olho do homem. Eu poderia, paulista, apagar aquele olho, estourá-lo com uma bala certeira. Mas o olho não estava maduro para isto, nem a idéia.

Vesti-me, e fui à Faculdade. Não havia aula, claro, embora o Centro Acadêmico não tivesse aderido à greve. A balbúrdia era total. Grupos por toda a parte, nos corredores, nas salas de aula, discutindo aos gritos. No Centro Acadêmico, Mário tomava uma cerveja. Senta aqui, disse ao me ver. Sentei.

— O homem está querendo resistir. — ele disse.

— Que homem? — perguntei.

— O Governador. Quer dar posse ao Jango na presidência.

— E o que é que tu achas?

— Acho que o pau vai quebrar.

Olhei ao redor.

— Onde é que anda o Manuel?

— Lá pelo Palácio.

— O que é que tem lá no Palácio?

— Não sei. O Manuel e a turma dele foram ao Palácio.

— Vamos até lá?

— Vai tu — riu. — Eu não sou louco. Vai tu.

Fui. Subi rápido a Lomba do Sétimo, peguei a Duque, atravessei o Viaduto — já avistando a multidão à frente do Palácio. Me aproximando, eu via bocas entreabertas, olhos esgazeados, testas franzidas. Por quê? (Anos mais tarde eu leria no jornal, aqui na Biblioteca: *Cenas patéticas antecederam o encontro entre o Governador e o Comanddante do III Exército*).

Diziam — e isto desde as sete horas da manhã (já eram nove) que o Ministério da Guerra havia ordenado ao Comandante do III Exército que tirasse do ar a Rádio Guaíba e que bombardeasse o Palácio, se necessário.

As janelas do Palácio estavam fechadas. Nenhum rosto, nenhum meio-rosto, nenhum olho aparecia por detrás das vidraças.

De repente a agitação aumentou: os tanques da Serraria vêm vindo, gritou alguém. Os tanques! A este brado, a multidão lançou-se para a Praça. Os bancos eram arrastados para o meio da rua e empilhados. Eram as barricadas, paulista! Aproximei-me de um grupo que ouvia o rádio de um automóvel, ligado a todo o volume. Falava o Governador.

(No jornal do dia seguinte: *com sua "machine-gun" portátil firme no ombro direito, o Governador começou a falar. O nervosismo era indisfarçável, e dezenas de seus auxiliares, todos fortemente armados, movimentavam-se em febricitante excitação, empunhando modernas armas automáticas. Alguns choravam, a maioria transpirava abundantemente. É que no entender de todos havia chegado finalmente ao seu ponto culminante a crise iniciada sexta-feira. E o tom patético das palavras iniciais do Governador, aconselhando as crianças a abandonar as escolas e a todos os civis válidos a se prepararem para "gravíssimos acontecimentos" fazia bem supor ter chegado o momento crítico*).

Não vi Manuel. Andei por ali; vi um estudante que chorava e que pedia a um homem para telefonar e dizer a seus pais que estava tudo bem, que tudo acabaria bem. Este estudante, paulista, com um revólver no cinto.

Os tanques não apareceram, paulista. Que pena, hein? Sei que gostarias de um pouco de sangue. De ruínas fumegantes. De estátuas decapitadas. De mãos decepadas. De corpos carbonizados. Mas os tanques não vieram. Veio o Comandante do Terceiro Exército. Reuniu-se com o Governador, num clima de muita tensão. Mas por volta da uma da tarde, quando apareceram à janela do Palácio, sorriam. Os dois sorriam.

As coisas estão malparadas — murmurou alguém ao meu ouvido. Virei-me. Era o meu colega, o outro, aquele cujo nome não lembro. Não sorria. Olhava para o Palácio, me falava pelo canto da boca. As coisas estão malparadas, repetiu, e acrescentou — agora me olhando — ainda achas que é de a gente ficar esperando?

Eu não achava nada, paulista. Respondi qualquer coisa e fui andando. Eu não achava nada. Hás de convir que com as aflições que eu tinha eu não podia achar nada.

Aqui na Ladeira já não existem aflições, paulista. Os dias se escoam numa agradável sucessão. Dentro do poncho, o ar quente do verão dura até o inverno; a neblina fria de agosto se conserva até janeiro ou fevereiro. Às vezes, em pleno carnaval, eu abro um pouco o poncho e deixo escapar uma tênue e gelada névoa. Os foliões pensam que é lança-perfumes. Não sabem nada, os foliões. Não sabem o que é folgar.

Eu folgo. As estações se sucedendo, os ratões se tornando grisalhos e perdendo o pêlo, os modelos de automóveis mudando (onde está o Chambord? O Aero-Willys?); folgo. Tenho comida, tenho este poncho que me agasalha, ignoro se em algum lugar de meu corpo cresce um tumor. Já não tenho os problemas que eu tinha.

Passei a tarde num cinema. Vi um programa duplo, dois faroestes. Me lembro, paulista, que o mocinho de um era bandido no outro; o mocinho que no primeiro filme liquidava a quadrilha inteira, no segundo — como bandido — morria miseravelmente, com a garganta varada por uma faca. Os cavalos é que não eram os mesmos nos dois filmes.

Ao anoitecer voltei para casa. Júlia me esperava com o jantar.

Sentei-me à mesa e olhei a comida. Não, paulista, decididamente eu não me sentia um patriarca, à cabeceira daquela mesa; eu não me sentia sequer o dono daquela comida, e o que é pior, eu já não me sentia o dono daquela mulher que, no outro extremo da longa mesa, comia em silêncio. Eu me sentia um guri. Eu tinha vontade de chorar. Eu queria, paulista — por que não confessar, agora que tudo está bem? Eu queria a minha mãe.

Bateram à porta. Era o Bagual, com o mesmo chapelão, a mesma camisa xadrez, a mesma bombacha e as mesmas botas. E um pacote debaixo do braço, como da outra vez. Um pacote menos volumoso e mais comprido.

Entra, Bagual — eu disse. Obrigado, respondeu, a demora é pouca. Me estendeu um envelope: isto aqui também veio.

Levou a mão ao chapéu: com sua licença... já vou indo. Tenho de pegar o ônibus.

Fechei a porta. Abri o envelope. Meus dedos tremiam, te confesso.

Sr. Mário, dizia meu pai, estou aqui muito preocupado com os últimos acontecimentos.

Sr. Mário? Que tipo de tratamento era aquele todo formal? Continuei a ler, cada vez mais ansioso.

Sr. Mário, dizia meu pai, chegam aqui os mais desencontrados (sic, paulista, sic) boatos. Estou muito preocupado (isto, paulista, ele já tinha dito. Esta observação e a outra, tu botas entre parênteses).

O Sr. Jânio, continuava meu pai, renunciou quando ia inaugurar a exposição agro-pecuária, e isto para mim é um aviso. Está aí esse governador, esse pulha, desafiando todo mundo, e sabe lá o que vai acontecer. Das minhas terras só me expulsam morto.

Enquanto isto, Sr. Mário, o senhor fica aí na cidade, prevaricando (sic, paulista, entre parênteses e sic) com sua concubina e pedindo dinheiro. Sr. Mário, até agora lhe atendi porque era para o seu bem, mas agora não é mais possível. Sr. Mário, por sua causa briguei com meu filho mais velho, que me acusou de estar lhe beneficiando em prejuízo de nossa estância. Ele desapareceu, deixou um bilhete dizendo que não ia voltar mais. Sr. Mário, peço-lhe não se considerar mais meu filho; anuncio-lhe que só poderá esperar alguma coisa em minha herança — se sobrar alguma coisa das terras. Entrementes nenhum tostão (sic, paulista: uma moeda extinta! sic, entre parênteses, mas sic, sic!). Mando-lhe contudo a espada que seu avô destinou a seu neto mais velho e que agora, com a fuga do Artêmio, por direito lhe pertence. Espero que olhar esta arma gloriosa lhe seja motivo de muita vergonha. Atenciosamente... Era assim que meu pai terminava: atenciosamente.

Deixei-me cair na poltrona, arrasado.

Sei o que estás pensando, paulista. Estás pensando na mãe, que ainda não apareceu nesta história. E a mãe? — estarás perguntando.

E a mãe?

Ora, paulista. A mãe? Vais me dizer que não sabes de minha mãe?

Claro que sabes, paulista. Puxa pela tua memória. Não murmurei, a vinte e quatro de agosto, a expressão *Loucuras de Mamãe?* Não a murmurei duas vezes? Ouve de novo tuas gravações, consulta teus apontamentos. Não falei na gonorréia de meu pai, paulista?

Pois então falei em minha mãe, paulista. Foi a mulher que ele manteve durante um ano. Isto, depois de ter com a esposa legítima um filho que, na pia batismal, recebeu o nome de Artêmio: meu irmão mais velho, paulista. Aliás, meio-irmão. Eu sei; conheço bem tudo o que é meio.

Minha mãe? Foi a mulher que transtornou meu pai, paulista. Foi a mulher que ele expulsou, chorando, poucos meses depois de meu nascimento, por causa da gonorréia que ela tinha lhe passado, a concubina infiel. Tirou-me dela. Eu era seu filho, ele não me rejeitava, me daria seu nome. Só que a esposa legítima não me queria na estância; ele então me entregou à tia de Pelotas para que me criasse. Me criou mesmo, como mãe — mas sempre dizendo, não sou tua mãe, tua mãe não presta, virou a cabeça do meu irmão e depois te abandonou.

Que achas deste esplêndido drama? Pelo que puseste na lata hoje — não é uma narrativa soberba?

Abri o pacote. Tirei a espada de sua bainha. Examinei a lâmina. Escrupulosamente limpa. Me vieram lágrimas aos olhos: com aquela espada, paulista, meu bisavô tinha conquistado nossas terras! Tinha me legado uma herança da qual eu não me mostrava digno, paulista!

Júlia me chamava: o bife está esfriando, Mário, vem comer. Mas eu não queria saber de bife. Eu queria a minha gente. De costas para a mesa, olhando para a janela — confesso agora, paulista, que as lágrimas me corriam. Lá em baixo, no Palácio, a costumeira agitação dos últimos dias.

Vou sair, eu disse. Fui até o quarto, tirei os chinelos, calcei as botas. Boas botas, de cano alto e couro especial. Calcei as botas. Sempre me olhando ao espelho.

As lágrimas já tinham secado quando afivelei a espada ao cinto. Não era uma espada longa — tu a chamarias de sabre, paulista — e quando enfiei o poncho ficou completamente oculta.

Apaguei a luz. Esperei um instante e saí do quarto. Onde é que vais? — perguntou a Júlia, e eu: não me espera — foi tudo o que respondi. Saí. Desci as escadas no prédio e me vi na rua. Eu estava pronto.

Lembrando aquela noite, paulista, concluo agora que tinha me transformado numa vontade, num desígnio. Eu avançando pela rua, eu já não sentia fome nem sentia frio — apesar do vento que me soprava na cara, enchendo-me os olhos de lágrimas. Ou justamente por causa do vento. Eu era um guerreiro purificado pelo vento. O vento e eu éramos um.

Mas — soprava o vento naquela noite, paulista? Na noite de vinte e sete de agosto de mil novecentos e sessenta e um? Não me lembro mais. Talvez devesse consultar os jornais da época, mas acho que não adiantaria: os boletins meteorológicos nunca deram muita importância ao vento. À chuva, sim, à temperatura sim, à nebulosidade também, mas quanto ao vento o máximo que fazem é descrevê-lo como fresco, com rajadas. Dizem o quadrante, também. Mas nunca chamam o vento por seu nome verdadeiro e terrível: minuano.

Minuano, paulista! O vento que vem de gelos polares, o vento que assobia furioso, que não respeita obstáculos, que penetra por todas as frinchas, que entra nas carnes e vai até a medula dos ossos.

Eu era o minuano, naquela noite, paulista. Era e ainda sou. Se quiseres, posso assobiar para veres como é. Não te recomendo, porém. É uma experiência terrível.

Desci até a Rua da Praia. No Largo dos Medeiros, havia um caminhão estacionado; lá de cima um estudante discursava à pequena multidão. O que é que dizia, paulista? *O pau vai quebrar? O povo no poder?* Não fiquei para ouvir. Continuei. Passei pela esquina — aquela esquina ali, estás vendo? — e por toda a parte a mesma coisa, grupos discutindo. O pau estava quebrando, paulista, o pau estava mesmo quebrando. Mas então cheguei à Galeria Chaves. Esta passagem, que comunica a Rua da Praia com a José Montaury, mais abaixo (escadas de mármore evidenciam o desnível), guardava, em 1961, todo o seu antigo e sóbrio esplendor. Chão de belos ladrilhos, teto muito alto e guarnecido de vitrais. Os pequenos estabelecimentos, ali instalados, destinavam-se a um comércio modesto e digno. Antes da escadaria de mármore ficava a Confeitaria Kelani — a Deusa da Lua — e este ressaibo de misticismo era um prenúncio do que havia abaixo: bancas de quinquilharias, mas isto já na parte baixa da Galeria. De qualquer forma, paulista, a Galeria Chaves apresentava-se, naquela noite, tranqüila e deserta; não ecoava ali o fragor da agitação. Caminhei por ali, pisando firme, o som dos meus passos ressoando alto. Cheguei à José Montaury, e lá também, tudo calmo. No Abrigo de bondes havia algumas pessoas. Pequenos funcionários sobraçando pacotes, encanadores e eletricistas com suas pastas de ferramentas, auxiliares de escritório com os rostos cansados do serão. Imóveis, esperavam os bondes. Imóveis estavam também os pastéis em seus pequenos armários de vidro; imóveis os pedaços de fruta nos grandes vidros de refresco. Imóveis ainda os proprietários das bancas, nos seus aventais pouco limpos. Nenhum grito, ninguém falando alto, nada. Um velho engraxate lia o jornal, só isto.

De repente chega um bonde, um Gasômetro, um gaiola, gingando com estrépido nos trilhos. Chega — e não me agrada o motorneiro, um negro de óculos escuros. Não me agrada o sorriso daquele motorneiro, e logo vejo porquê. Do bonde descem cinco ou seis rapazes — cinco — e começam ali mesmo um comício. E quem é que estava ali, falando em quebrar o pau, falando em povo no poder, falando em reforma agrária, falando em — carne, preço da carne? Falando de boca cheia, só não mencionando ema fugaz — talvez por esquecimento? Manuel, paulista. O mesmo que adormecera babando no Maipu. O que tinha medo de mulher. Estava ali, agitando.

Perto de mim uma velha repetia: o que é que houve, moço? O que é que eles estão falando? Nada, dona, respondi, não é nada. Abri caminho entre as pessoas que se comprimiam à roda de Manuel, cheguei até ele, tomei-lhe o braço. Olhou-me — parecia não me reconhecer — soltou-se com um safanão e continuou falando. Desta vez era do Governador que ele falava: era preciso ficar ao lado do Governador! — gritava.

Manuel, repeti, Manuel, teu pai está de procurando como um louco, teu pai anda pelos Moinhos de Vento atrás de ti. Volta para casa, Manuel, deixa destas bobagens.

Parou de falar. Fitava-me, os olhos esgazeados. Sai daqui, disse, sai do meio do povo, isto aqui não é teu lugar. Apontou-me aos outros: este aqui, gente, este aqui é filho de latifundiário, é um explorador!

Me vaiaram, paulista, me cantaram a música da época: o *Sabãozinho de burguês gordinho.* Toda a vil reação vai virar sabão, era o que eles cantavam enquanto me afastava. Me afastava, sim, paulista. Poderia ter aceito o desafio, poderia enfrentá-los, se quisesse. Mas não queria. Minha briga não era com eles. Contentei-me em acariciar o cabo de certo objeto que eu levava sob o poncho.

Voltei ao Palácio. Ainda havia uma pequena multidão ali. O que é que vocês estão esperando, perguntei ao estudante da manhã, aquele que chorando pedira a um homem para telefonar a seus pais. O Governador, me disse (agora sorria; agora já não chorava, agora sorria). O Governador vai falar. Bonito este teu poncho, acrescentou.

Abriu-se uma janela do térreo e o homem apareceu. O pulha.

Aplausos. O estudante da manhã batia palmas, assobiava histérico. Armas para o povo, Governador! — Gritavam uns.

Armas para o povo? O que era aquilo? Aproximei-me. Cheguei a uns metros da janela. A uns dois metros. O homem estava ali, ao alcance do meu braço. Do meu braço com a espada. Do meu braço com a espada, mediante um pulo para a frente. Eu podia ver os olhos congestos — mas espertos aqueles olhos, avaliadores. Eu podia ver o bigode. A barba crescida. Não podia ver, mas adivinhava a machine-gun.

Armas para o povo, Governador! Os brados continuavam. Ele sorriu, acenou, fechou a janela. A multidão foi se dispersando. Fui dos últimos a deixar a Praça.

A estância, paulista? Nunca estive lá. Nunca vi o meu pai montar a cavalo. Nunca vi a mulher dele, a legítima. Nunca vi a minha irmã, a minha meia-irmã.

Nunca vi um gaúcho galopando, a não ser numa festa crioula, em Pelotas. Não conheço a fronteira. Não conheço o pampa. Existe pampa? Existe Rio Grande?

Nunca vi o boi empalhado, nem a ema fugaz. Mas vi o tordilho doido.

Desci a Ladeira, segui pela Sete, cheguei ao Abrigo. Agora tudo estava calmo. Nenhum comício, nenhum estudante. Tudo calmo.

Entrei na Voluntários. Vem cá, bem — sussurravam as mulheres encostadas às paredes. Vem cá — chamavam das sombras. Vem cá — uma loira até bem bonita. Não seria o caso de tentar?

(Não, paulista. Não era o caso de tentar. Eu não podia falhar. Dali em diante, eu não poderia falhar. Além disto não estava ali para tentar e sim para procurar um lugar para dormir.)

Fui até a Estação Ferroviária. Todos os hotéis,

todas as pensões estavam cheias. Por quê? — eu me interrogava, e de repente me dei conta: era gente que estava vindo do interior a chamado do Governador. Estavam deixando os campos, as estâncias e estavam se concentrando na cidade, atendendo aos apelos do rádio. A coisa está feia, murmurou alguém atrás de mim. Virei-me: ninguém.

Chovia. Eu andava de um lado para outro na rua enlameada entrando e saindo de pardieiros, tropeçando em mendigos bêbados. Mas eu não queria voltar ao apartamento; e o dinheiro que levava não dava para procurar um bom hotel. Assim estavam as coisas naquela noite.

Encontrei lugar num hotelzinho sujo — mas teria de dividir o quarto com outro. É pegar ou largar, disse o dono, um tipo mal-encarado. E o pagamento é adiantado.

Resolvi ficar. Me conduziu por um corredor escuro. Atravessamos um pátio juncado de destroços.

(A cabeça — meia-cabeça — de uma boneca de porcelana? As rodas quebradas, de uma charrete? A armação de uma sombrinha? A estatueta do guerreiro? As presas da cobra? A pata do cão? A escarradeira? O olho? E sob tudo isto, sepultada, a coxilha?)

É ali o quarto, me disse, apontando um barracão de madeira. Advertiu: não rouba nada, não pensa em fugir pelos fundos. Tem cachorro.

Meu companheiro de quarto, um velhinho de barba branca, já estava lá, deitado. Me olhou com desconfiança; quando tirei o poncho, deixando aparecer a espada, arregalou os olhos: cruzes! Quis saltar da cama. Contive-o: calma, velho, meu negócio não é contigo, fica aí em paz.

Se acalmou, ficamos conversando, eu deitado, vestido, ele me contando histórias. Tinha participado da revolução de noventa e três, da de vinte e três, da de trinta, da de trinta e dois em São Paulo. Em trinta e dois adormeci.

Trinta e dois. Dormi pouco e mal. Tive um sonho horrível. Eu estava na janela do Palácio, fazendo um discurso. O pulha se aproximava de mim, a cara bem próxima da minha, me enfiava o bigode na boca. Eu com nojo, queria me afastar, mas a língua não me obedecia, a língua me traía: a língua queria lamber aquele bigode, a língua queria sentir a pontinha dos pêlos entrando nas papilas. Pêlos espertinhos, guerreirinhos minúsculos atacando um grande animal, uma grande lesma vermelha, a língua. E eu, horrorizado e indignado: quem é que aquela língua estava pensando que era? Estava muito enganada se se julgava uma criatura autônoma. Não és livre — eu queria gritar, mas não gritava. Não és livre, estás presa, bem presa, pela raiz. Teu papel é o de cão de guarda da boca; em tua cavidade deves ficar, imóvel, tensa, atenta, pronta a repelir os inimigos, não a confraternizar com eles. Língua corrupta! — eu queria bradar, mas não bradava. A mão direita não pode ser cortada, se escandaliza o corpo? Pois uma língua, por mais necessária que seja, não está livre desta ameaça. Mesmo uma língua de advogado!

Acordei com alguma coisa na minha cara. Era um bicho, um inseto. Saltei da cama, acendi a luz: ali estava, no lençol manchado, a maior barata que eu já tinha visto. Movendo as antenas, tranqüila.

Movendo-me com cuidado, apanhei a espada, desembainhei-a. O velho abriu os olhos, assustado. Fiz-lhe sinal que não se movesse. E então, num único golpe poderoso, cortei a barata em duas. Cortei a barata, cortei o colchão, rachei o lastro. Que espada, paulista! Que braço a empunhava! As metades da barata, as meias-baratas mexiam-se ainda. Esmaguei-as com as botas.

Quanto ao colchão, jazia no chão com o enchimento à mostra. E o que pensas que continha, paulista? Palha. Palha seca do campo, só isto.

Amanhecia. O meu repouso havia terminado: de qualquer modo, a cama estava destruída, eu já não poderia deitar.

Tirei a camisa, saí para o pátio, de peito nu. Encontrei uma torneira, abri-a, enfiei a cabeça no jorro de água gelada. Quase perdi a respiração, mas fiquei ali — lembrava-me batismo, aquilo, aquela água pura. Eu estava nascendo de novo, naquela manhã de vinte e nove de agosto, dia do aniversário do meu pai. Ah, eu bem gostaria de dar um presente a meu pai, eu bem gostaria de mostrar que a rês desgarrada voltava à estância.

Voltei ao quarto, enxuguei-me com os lençóis, vesti a camisa. Sentado na cama, o velho olhava-me em silêncio. E trinta e dois, velho? Que é que me contas de trinta e dois? — eu bem gostaria de ter perguntado. Mas não falei nada, nada mais havia para ser falado. Afivelei a espada, enfiei o poncho e saí. Galguei a cerca dos fundos e fui dar em outra rua, uma ruela desconhecida para mim. Cachorro nenhum me impediu de sair — mas na rua fui seguido por um bando de cães. Um bando enorme de vira-latas sarnentos. O que me causou um certo receio, paulista. Agosto, sabes, é o mês dos cães danados — aqui no sul, pelo menos. Em São Paulo não é? Aqui é. De modo que entrei num bar, em parte para escapar a eles, em parte para tomar café e ler o jornal.

Mas olha — agora já estamos em outro dia. Chega por hoje.

VINTE E NOVE, TERÇA-FEIRA

O Correio do Povo:

Oriente e Ocidente inclinados a discutir a crise de Berlim.

Autoridades inglesas prepararam recepção oficial a João Goulart.

O dia de hoje há 60 anos. O czar e a czarina partirão amanhã de São Petersburgo.

Cuidado com o frio. Não basta ter proteção apenas por fora. É preciso ter sangue forte, rico de hemoglobina.

Ocejânio em violenta atropelada suplantou Timoneiro.

Jânio revela ao deixar o Brasil: fui obrigado a renunciar, mas voltarei um dia, como Getúlio.

Requisitada pelo Governo, Rádio Guaíba transmite desde domingo do Palácio.

Batelões afundados no Canal do Rio Grande impedirão a entrada de belonaves.

A foto é por demais expressiva. Sua dramaticidade prescinde as palavras. O Palácio Piratini foi transformado num fortim.

Reafirma a Assembléia Legislativa sua posição em defesa da Legalidade.

Calos. Os Zino-Pads Dr. Scholl são três vezes melhores.

Caju purgativo.

Caravana Universitária da Legalidade.

Comitê das Escolas Carnavalescas.

Rio Grande do Sul vive horas dramáticas. Governador Leonel Brizola inicia um movimento de resistência no País, exigindo que se cumpra a Constituição e se dê posse ao Sr. João Goulart.

Sr. João Goulart aguarda em Paris a comissão de parlamentares brasileiros.

Cenas patéticas antecederam o encontro entre o Governador e o Comandante do III Exército.

(Eram aquelas as cenas a que eu tinha assistido no dia anterior, paulista. Isto, entre parênteses).

Mulher passa gonorréia ao amante e é expulsa e forçada a entregar o filho.

Jovem criado pela tia em Pelotas acalenta sonho de transformar-se em novo Rolando.

Aprovado no vestibular de Direito entrega-se a uma vida de orgias.

Deserdado por pai magoado e temeroso de perder suas terras.

Impotente, incapaz de sustentar a amante, deixa a casa e vagueia pela cidade, assistindo boquiaberto a cenas de convulsão social.

No mês dos cães danados mata, a golpes de espada, um nocivo inseto.

Isto no meu jornal. Eram estas as manchetes em que eu pensava, paulista, enquanto retalhava o cubinho de manteiga rançosa com a ponta da faca.

Suspirei, olhei ao redor. Operários, mulheres da Voluntários, todo o mundo falava nos últimos acontecimentos. Como se tudo fosse uma folia. Como se o caso fosse de carnaval.

Atirei o jornal para o lado, levantei-me e ia saindo.

— Ô moço aí do poncho!

Me virei. Era o dono do bar — gordo, naturalmente, e calvo, de camiseta de meia rasgada. E bigode, claro. Bigode eriçado.

— Não esqueceu de nada?

Ah, sim. Tirei a carteira do bolso. Pouco dinheiro me sobrava, paulista, muito pouco. O tempo era breve, eu tinha de agir. Mas fazendo o quê?

Voltei pela Voluntários. O centro da cidade agora estava cheio de gente. Pela Alberto Bins marchava uma delegação; um sindicato qualquer, segundo entendi. Atrás vinha outro, e mais outro. Dirigiam-se ao Palácio.

Perto da Prefeitura estavam os homens da Carris. Tinham deixado o trabalho, tinham abandonado seus bondes, e ali estavam, em batalhão. *Veja ilustre passageiro/O belo tipo faceiro* — lembra, paulista? Eles estavam ali, os belos tipos faceiros. Belos, não. Mas faceiros, sim; muito. Demais.

Subi a Borges. Na esquina com a Andrade Neves — a uma quadra daqui, paulista — havia um pavilhão de madeira, agora demolido, o Mata-Borrão. Pois bem, paulista: o Mata-Borrão transbordava de gente. Em várias mesinhas mulheres recebiam doações: dinheiro, roupas. Uns se ofereciam para doar sangue, outros queriam marchar para o campo. Meu pai estava certo, paulista — reconheci, com o coração confrangido. A anarquia reinava.

Desci a Lomba do Sétimo, entrei na Faculdade, agora deserta. Encontrei o servente, perguntei por Mário. O pessoal todo foi ao Restaurante Universitário, disse, e acrescentou, confidencial: este troço não vai terminar bem, ouve o que estou te dizendo.

Me desagradou aquilo, paulista. Aquele tratamento íntimo. Aquilo sim, era um sinal de que as coisas não iam bem. Me irritei; se tivesse ali o meu revólver, paulista, alguns globos iriam voar. Alguns globos — e talvez mais alguma coisa. Mas eu não tinha o meu revólver. Eu tinha uma espada; seria capaz de atingir um inimigo a dois metros de distância, talvez, mas não a quatro metros e tanto de altura. Virei as costas e fui embora.

Dirigi-me para o Restaurante Universitário. A pé, porque os bondes já não circulavam. Os motorneiros e cobradores estavam muito ocupados, formando batalhões.

O Restaurante Universitário era um grande prédio envidraçado. Ali, por módica quantia, os estudantes obtinham refeições quentes.

Naquele dia, paulista, não estavam servindo refeições. Estavam mobilizando gente para os batalhões. Diante de mesas espalhadas pelo salão formavam-se filas de estudantes. Outros estudantes, sentados, anotavam nome, Faculdade, habilidades especiais.

Nos fundos do prédio, onde havia um pátio, uns cinqüenta estudantes — de ambos os sexos, paulista — faziam ordem unida. Direita, volver! — gritava um rapazinho que estava de pé sobre um caixote. Manuel.

Ao vê-lo, recuei. Confesso, paulista, que recuei. Mesmo armado de espada, eu não poderia enfrentar as tropas de Manuel, muito superiores em número. Mesmo que eu dizimasse a fila da frente, mesmo que eu fizesse voar mãos, pés e cabeças, eles terminariam por me encurralar. E não havia nenhum lustre para o qual eu pudesse saltar para depois, mediante impulso poderoso, lançar-me contra uma janela e emergir na rua em meio a uma chuva de estilhaços. Não, eu não tinha condições. Recuei, meio que me embuçando no poncho.

Entrei no banheiro. Urinei muito. O jato era forte; enquanto isto, meu pai emitia pingos de uma pobre urina. Suspirei. Lavando as mãos e o rosto, me olhando no espelho, eu me interrogava, paulista: quem sou? O que pretendo da vida?

Ali eu não acharia resposta. E corria perigo.

Voltei à Faculdade, caminhando pelo Parque Farroupilha. Perto da Reitoria, encontrei barracas armadas, estudantes acampados. Estudantes de ambos os sexos, paulista. Passando por ali, e olhando de relance por barracas entreabertas, o que é que eu via? Um olho. Um seio. Uma coxa. Meia-casa. Um pênis? Um pênis inteiro, forte, ereto?

O servente estava fechando o portão da Faculdade. Me viu, acenou:

— Foi bom tu (nota, entre parênteses, que o tratamento desrespeitoso persistia, paulista) teres aparecido. Esteve aqui um irmão teu. Aliás, meio-irmão, não é?

A alegria foi tanta, paulista, que pude ignorar o insulto. Um irmão me procurava! Um irmão! Trazendo uma carta do meu pai, talvez! Uma carta de reconciliação! Agarrei o servente: por que não disseste para ele esperar? Encolheu os ombros: e eu por acaso sabia que voltavas para cá?

Tinha razão. Larguei-o. Segurei-o de novo, pelo braço:

— Que jeito tinha?

— Quem?

— O meu irmão, claro! O meu irmão! Era grande, forte, com a cara toda marcada?

Me olhou (mas não estava zombando?), disse com um sorriso alvar: sinceramente, Mário, não reparei.

Larguei-o, desconcertado. Ele ficou à espera um instante, depois terminou de fechar o portão. Para onde é que ele foi, perguntei. Quem? — ele, guardando a chave. O meu irmão, eu disse. Ah! — olhou para os lados. Subiu a Lomba do Sétimo, acho que foi para o Palácio.

Deves estar notando, paulista, que no decorrer desta história eu subi e desci lombas muitas vezes, certo? Mas é assim mesmo, paulista, Porto Alegre é uma cidade acidentada. Depois de falar com o servente ainda uma vez subi a Lomba do Sétimo — e mais rápido do que nunca.

Cheguei ao Palácio e lá estava a multidão: as delegações, os batalhões, o clima era de mobilização geral. Comecei a procurar meu irmão no meio de toda aquela gente — tarefa ingrata. Às vezes parecia-me reconhecê-lo — mas não, era um que tinha o cabelo parecido. Com licença, com licença — eu, movendo-me com dificuldade, por causa do poncho e da espada. A coisa está cada vez pior, disse alguém atrás de mim. Voltei-me: era o meu colega, aquele cujo nome não me lembro. Não viste o meu irmão? — perguntei. Olhou-me: tu, tens irmão? Pensei que fosses filho único. Cretino! — berrei, e tentei agarrá-lo, mas ele já sumia no meio dos motorneiros da Carris, em direção à Praça. E já a multidão avançando me arrastava ao Palácio.

Voltei-me. As janelas estavam abertas, escancaradas. E quem estava na janela do primeiro andar, sorrindo, abanando? O homem. O pulha. Ah, gemi, se eu tivesse aqui o meu revólver, o meu trinta e dois! Aquele seria o instante glorioso de minha carreira de atirador! Aquele seria o momento de pôr em prática os ensinamentos de minha tia! Estouraria definitivamente a caveira do boi — eu, se tivesse um revólver! O que não faria eu ali com um revólver?

Nada paulista.

Mesmo que tivesse um revólver, eu não faria nada, paulista. Eu não atiraria no olho esquerdo e muito menos no direito. Porque, se eu errasse, paulista, eu poderia acertar no homem que estava à direita do pulha. Eu poderia acertar no olho esquerdo do meu irmão Artêmio! Estava ali, ao lado do pulha!

— Artêmio! — berrei.

Não me ouviu. Com a gritaria era impossível. Tentei chegar mais perto — com licença, com licença — não me davam licença, não pude me aproximar. E assim as janelas se fecharam e lá dentro do Palácio ficou o meu irmão. E já a multidão me arrastava, me fazia recuar.

— Artêmio! Artêmio! — eu, desesperado, cada vez mais longe dele, lutando contra aquela maré de gente. — Artêmio! Espera!

Por fim, desisti. Afastei-me dali, daquele lugar maldito. Desci para a Praça da Alfândega e lá fiquei, sentado num banco, sem saber o que fazer.

De que ris, paulista? Teu nome é Fratello? Não é? Então, de que ris?

Perto da meia noite, o poncho encharcado da chuva fina que caía, as pernas entorpecidas, me levantei e saí a caminhar. Tomei o rumo da Cidade Baixa. Estava tudo quieto, ali. Nas casinhas antigas dormiam em paz os descendentes dos açorianos.

Perto da Ilhota vi o cavalo, imóvel, junto a uma árvore. Aparentemente um cavalo triste, tão molhado quanto eu; de quando em quando arrancava um fio de capim de entre as pedras...

Mas era o tordilho doido. Reconheci-o pelo brilho peculiar do olho esquerdo.

O tordilho doido!

Aproximei-me. Não fugiu. Estendi a mão, toquei o dorso magro. Senti o pêlo áspero, uns quartos duros e pontudos. Mas senti também a mágica vibração vindo daquelas entranhas. Não era palha que aquele ventre continha, paulista. Cavalinho bom, murmurei.

Com algum esforço icei-me ao lombo caído. Não corcoveou. Não disparou. Ao contrário: como se estivesse esperando por mim, pôs-se em marcha. Agarrei-me às crinas ralas e deixei-me levar.

Seguiu para o centro, pela linha do bonde. Subiu lentamente a Borges. Da calçada, alguns me olhavam, espantados. Um homem com o filho ao colo apontou-me, disse qualquer coisa; o menino começou a rir. Passei por eles, os dois rindo.

As portas todas fechadas, íamos seguindo, entre os trilhos reluzentes. Chegamos à Rua da Praia. O tordilho tomou à direita, escorregando nas pedras luzidias. Como se estivesse cansado da chuva, entrou na Galeria Chaves.

O barulho dos cascos ressoava forte, naquele recinto alto e abobadado. Olhei para cima: vitrais. O tordilho deteve-se diante de uma vitrina de instrumentos musicais: maracas, pandeiros, flautas doces. Bufou e seguiu. Desceu as escadarias — com tanto cuidado que eu sequer balançava em seu dorso.

Chegou ao abrigo dos bondes. Deteve-se diante de uma carrocinha de cachorro-quente. Me dá um, eu disse ao homem, estou com fome e não tenho dinheiro. Com molho? — ele perguntou. Sem molho, eu disse. Preparou o cachorro quente. Ele também quer? — perguntou. Era vesgo, eu não sabia para onde olhava. Quem? — perguntei. O seu cavalo, ele disse, com um sorriso amável. Não é meu, respondi, é um cavalo que achei lá na Ilhota; estou só dando uma volta. Ah, bom, disse o homem, então o dono que lhe dê comida, não é? É, respondi. Terminei de comer, cotuquei a barriga do cavalo com as botas. Ele saiu a passo.

Entramos na Voluntários. As mulheres debochavam e assobiavam. Tem carona, bem? — gritou uma mulata. Cala a boca, negra, eu disse, nunca montarás um cavalo branco. Quis me atirar uma garrafa, as outras a seguraram. Mas é o Mário, exclamou uma mulher alta e forte: Noca? Era a Noca! Mas não parei.

O tordilho entrou — e foi o seu único erro, naquele trajeto — contramão na Farrapos. Mas seguíamos pelo meio-fio, de modo que não havia problema. Os raros automobilistas nos olhavam, irados, um deles chegando a gritar palavrões.

Na esquina da Garibaldi encontramos um grupo de cavaleiros, de chapéus, ponchos, bombachas e botas. O da frente carregava uma lança com uma bandeira. Adivinhei que vinham de longe, da fronteira, talvez; adivinhei que se dirigiam ao Palácio. Uma idéia esperançosa: se eu me juntasse a eles, se eu pudesse entrar no Palácio! Se eu conseguisse falar com Artêmio, se eu tivesse o pulha ao alcance de minha espada. O tordilho me frustrou: continuou seu trajeto. Era o tordilho doido: tinha um destino traçado. Deixei-me escorregar de seu dorso e segui a pé.

Àquela noite dormi numa barraca, na Redenção. Chovia e fazia frio; mas o dinheiro já não era suficiente nem para o hotelzinho vagabundo. Era bastante para o café do dia seguinte — e para o jornal.

Falando nisto, noto que houve uma redução na tua contribuição. Não relaxa, paulista. Olha que o fim está próximo. Volta amanhã, e não relaxa.

QUARTA. TRINTA

O jornal, naquele dia:

Operários fazem coleta em favor da Legalidade.

Sacos de areia para as barricadas do Piratini.

Manifestam-se estudantes e professores pelo cumprimento literal da Constituição.

Os estudantes gaúchos do Artigo 91 estão alertas e prontos para o que der e vier.

Em tensa expectativa o Estado quanto aos rumos que tomará a atual situação.

Meu companheiro de barraca era o estudante que pedira ao homem para telefonar aos pais. Mas não era para ele que eu olhava, na madrugada daquela quarta-feira. Pela abertura da barraca eu espiava outra barraca, eu espiava a moça adormecida. Dessa moça eu via a metade do busto, eu via o pescoço — gracioso — e via parte do rosto; mais do que meio-rosto. E pelo que eu via, era uma moça linda. Parecida com Júlia, paulista, porém mais bonita. Adormecida.

— Espiando, velho?

Era o meu companheiro de barraca. Murmurei qualquer coisa e esgueirei-me para fora, cuidando para que ele não notasse a espada.

— O namoro de Joaquim com aquela pequena sapeca vai acabar em casamento.

— Não acredito. Quando um não quer... Dois não casam...

Pour vous, madame:

... os tecidos de veludo tornam-se frescos se forem expostos, à noite, ao ar úmido.

Este é o elegante e gracioso Dauphine cujas chaves serão entregues à candidata vencedora do concurso A Mais Bela Comerciária. Um prêmio de sonho.

Leia O Martírio dos Suicidas.

De repente soou um apito.

— De pé! Todo o mundo de pé!

Era o Manuel, paulista. O Manuel, sempre, sempre. De cima de um caixote ele comandava a formação do batalhão. Antes que me visse, afastei-me discretamente.

Caminhei pelo Parque, sentei-me num banco, junto a um homem que lia o jornal. Ao notar que eu procurava ler também, zangou-se, deixou o jornal e foi embora.

Desse número do Correio do Povo guardo uma carta que saiu no Correio do Leitor. Está aqui: podes ver, pelo amarrotado e amarelado, que é bem antigo. Autêntico. E está à venda, paulista, por uma quantia módica. Queres comprá-lo? Não queres. Bom. Então vamos gravá-lo. Está gravando? Alô, alô, gravando, gravando... Um, dois, três, gravando, gravando. Pronto? Lá vai.

Desde aqui, onde me encontro, em pleno interior do Rio G. do Sul, acompanho, através desse jornal as demarches do Sr. Francisco Julião, com referência à propalada "Reforma Agrária", agora no coração gaúcho. Desde aqui, sentindo a repercussão que essa doutrina está produzindo no espírito dos patrões e dos peões, estou vendo, caros leitores, que o ambiente é de grande expectativa e intranqüilidade, quando não de temerosidade:

(sic, paulista, sic: entre parênteses, mas sic).

uns falam em vender suas terras, outros de reduzir suas propriedades! Ainda bem!

Mas permiti-me (e aqui vai uma palavra de conforto aos grandes proprietários), esse "negócio" não é para já! A situação política nacional ainda não está amadurecida para tal. Julião é o líder providencial, não há dúvida. As Ligas Camponesas surgiram para minorar as injustiças sociais afetas aos camponeses e aos trabalhadores rurais, é evidente.

Mas convenhamos, isto tudo é apenas o prenúncio de um arrebol vitorioso, porém longínquo.

Não me parecia longínquo, paulista. Meu irmão mais velho já estava lá no Palácio, seduzido pelos cantos de sereia.

Às vezes, em noites de inverno, eu ouço aqui canções medievais francesas, entoadas por uma voz cristalina.

É a minha irmã, paulista. Tenho certeza. Nunca vi esta irmã, esta meia-irmã; não sei se ela não seria a moça da barraca (teria eu cometido um incesto em pensamento, paulista? Um meio-incesto? Não acredito. Eu não estava em condições, te lembra. Juro: eu não estava em condições).

Tenho certeza que é a minha irmã.

Foi a última vez na minha vida que eu comprei jornal, paulista. Claro, continuei a ler: às vezes o vento me traz uma folha ou outra, às vezes leio a coleção do Correio do Povo na Biblioteca, às vezes vou, com imenso sacrifício, ao arquivo do próprio Correio, na Rua Sete de Setembro.

No jornal do dia seguinte, por exemplo, Fidel Castro conclamava o povo brasileiro a que resolvesse seus problemas recorrendo à luta de guerrilhas; Jango estava em Nova Iorque; os neutralistas reunidos em Belgrado voltavam a sua atenção para a crise no Brasil. Era lançada a coleção 1961/62 dos Tecidos Matarazzo-Boussac; o Fogo Simbólico chegava a Porto Alegre. Um jovem par planejava fixar residência na cidade de Cascavel; o Banco da Província convocava, pela terceira vez, seus acionistas para deliberarem, em Assembléia Geral Extraordinária, o aumento do capital social. Gaffe das grandes, das grandérrimas, dizia uma nota.

Preso um menino de 7 anos. São Paulo, 30 (C.P.) — Um menino de 7 anos, que brincava de catar panfletos grevistas espalhados na rua, perto da Estação da Luz, foi apreendido, juntamente com sua mãe, pela ronda da 2.ª DP, chefiada pelo Delegado Pantaleão.

Estudantes paulistas em passeata pregam greve.

Nota Oficial da FARSUL. Os homens do campo saberão cumprir o seu dever, na defesa do Estado e do País, sem considerar as causas nem as conseqüências do fato consumado.

Rubros aprontam hoje.

Economia rio-grandense sofre as conseqüências da crise política. Paralisados negócios da Bolsa. Fechamento dos bancos e falta de numerário para as empresas.

Canhões antiaéreos guarnecem a Capital.

Isto tudo apareceria no jornal do dia seguinte. Guarda bem estas informações, paulista, porque amanhã, se vieres, se eu estiver aqui, não as repetirei. E lembra também que naquele jornal aparecia a antiga foto de um homem bem penteado, de gravata borboleta, levando o lenço à boca no ato de tossir. Esta imagem lembrava o Peitoral de Mel, Guaco e Agrião (*Fluidifica o catarro* — entre parênteses, paulista — *descongestiona as vias respiratórias e oferece pronto alívio às crianças, moços e velhos.*)

No dia seguinte, primeiro de setembro, era publicada a *Elegia de Agosto,* de Manuel Bandeira:

Um dia

lhe deu a louca

E ele renunciou...

Os escoteiros anunciavam-se preparados. João Goulart chegava à noite. A 2 de setembro um ex-pracinha morreu de emoção ao desfilar pela Avenida Borges de Medeiros. Depois, o Congresso apoiou a emenda parlamentarista. João Goulart viajou para Brasília. Os ministros militares garantiram sua posse. E —

continua o clamor generalizado dos suinocultores contra os preços pagos pelo porco vivo.

Soja: dez mil toneladas desse grão maravilhoso

Dor de cabeça? Melhoral alivia, acalma, reanima. Sua mente se desanuvia

José!

Você que é meu povo

Você que é sem nome

Desperta, José!

O gaúcho é o homem típico das planícies do Rio Grande do Sul, no Brasil e dos imensos pampas da Argentina e do Uruguai, três países irmãos ligados pela mesma fronteira, pelos costumes e por uma economia agropecuária semelhante. O Bank of London & South America é o ponto de união.

Líderes políticos articulam a formação do primeiro gabinete parlamentarista do país

Gre-nal marcado para domingo

Como é do conhecimento geral, elevada porcentagem de habitantes das zonas de clima tropical e subtropical sofre perturbações oriundas do mau funcionamento do aparelho hepatobiliar. Os sofrimentos produzidos por estes distúrbios

Deu-se nesta cidade o passamento da veneranda

Escolha do primeiro-ministro soviético para patrono dos formandos da Faculdade de Direito do Ceará

Não presta urinar no fogo: porque seca a urina

Por que os pingüins engolem pedras?

Abóbara de dezoito quilos — abençoada terra deste formidável Rio Grande do Sul

Um homem salvou o regime

Rearmamento moral

Estátua para cavalo ainda vivo

Brizola: todos esqueceram suas divergências. Os alucinados cometeram um grave engano

Jânio chega a Las Palmas

Será extinto à meia-noite o Fogo Simbólico

Títulos ainda não podem ser protestados

Ainda há poucos dias, ouvimos um jovem, em comentário com outro, que afirmava da necessidade de implantação das "ligas camponesas", à moda Julião, no nosso Rio Grande

Refinado espertalhão caiu nas mãos da polícia

Brizola visita o Comitê da Resistência Democrática

Lacerda ataca o Parlamentarismo: Brasil está caminhando para a órbita russa

Mais prêmios serão revelados esta semana às comerciárias

À data magna do povo brasileiro, a homenagem da Standard Brands of Brazil, Inc. As mais caras aspirações de nosso povo, a democracia, a liberdade de pensamento e expressão, os direitos civis, a iniciativa privada.

Reabrem os bancos

Mamãe! O bom Deus está doente?

Crianças na dividida Berlim

Este dia passado numa espécie de transe, paulista, este dia em que a fome deixou de ser percebida para se transformar em amortecimento, este dia de meditações circulares e de ruminações estéreis — este dia, paulista, terminou como os dias até ali tinham terminado, e que, segundo parecia, iam terminar sempre. Ao cair da noite,

considerável massa popular, das maiores que já reuniu em Porto Alegre uma manifestação pública, concentrou-se defronte ao Palácio Piratini.

Ao cair da noite, paulista, subi a Ladeira.

Subi está rua, paulista, com os olhos úmidos do vento, com os olhos límpidos de quem vai cumprir sua missão. Subi a Ladeira pensando que por baixo das pedras, dos paralelepípedos de granito, estava a terra de uma coxilha — sepultada pelo calçamento, esmagada sob o peso dos edifícios, mas viva: massa escura e fértil, semeada talvez de ossos de animais mortos, mas pronta a ressurgir, pronta a estender talos de capim gordura em direção às bocas úmidas dos bezerros.

Subi a Ladeira para salvar o meu irmão, para resgatá-lo das mãos do pulha. Para levá-lo de volta a meu pai.

(A cena, paulista, entre parênteses: eu e meu irmão galopando lado a lado, chegando à porteira; passando entre as filas dos peões; chegando à frente da casa, onde está a família reunida. Meu pai me abraça, comovido. Apresenta-me a mulher dele que me beija a testa e pergunta se pode me chamar de filho. Nós ali a confraternizar, uma voz cristalina se ergue ao céu do pampa. É minha irmã, minha meia-irmã, que entoa uma canção medieval. Nossos olhos, os olhos de todos se enchem de lágrimas. No horizonte, um ponto preto: é a ema fugaz que se aproxima).

Da esquina, esperei pacientemente. Vi as janelas do Palácio se abrirem. Vi a multidão aclamar as pessoas que ali apareciam — quem, eu não distinguia, longe que estava.

Finalmente, as janelas se fecharam e a multidão se dispersou. Quando não havia mais ninguém na Praça é que eu avancei.

Havia luz no Palácio, e movimento de pessoas, mas os portões estavam guardados por sentinelas.

Dirigi-me a um brigadiano, um homem com cara de bugre e fuzil a tiracolo.

— Boa noite.

Perfilou-se, o capacete descido sobre os olhinhos.

— Sim senhor, boa noite. Às suas ordens.

— Preciso entrar. Preciso falar com meu irmão que está aí dentro.

— Ainda que mal pergunte, cidadão, quem é o seu mano? — isto, já com um tom de suspeita na voz.

— É o Artêmio Picucha — eu, me esforçando por não perder a calma. — Não conhece?

Abanou a cabeça.

— Não conheço, não. E não posso lhe deixar entrar. Tenho ordens para não deixar ninguém entrar.

— Mas eu vou entrar. — Dei um passo a frente.

Empunhou o fuzil, ameaçador.

— Não vai não.

Nos olhamos, e bem de perto. Ele, a cara arreganhada (pintura de guerra?).

Recuei um passo. Lentamente suspendi o poncho. A espada ficou à mostra. Ficou, porque ele engatilhou o fuzil. E aí sua cara redonda se abriu num sorriso. *Agora estou te reconhecendo, sacana!* — Ria. — *Tu és aquele que andava pelado na Brizolândia! Espera aí que eu vou chamar o cabo. Ele também estava lá.*

Vai-te à merda, gritei e dei volta: o recuo estratégico.

Espera aí, seu! — ele, berrando.

Comecei a descer a Praça.

Espera que eu já te agarro! — ele, correndo: o barulho das botas no calçamento. E o barulho das minhas botas: eu correndo. Nós correndo, ele gritando, o vento zunindo nas minhas orelhas, o poncho me atrapalhando, mas eu ganhando distância, ele era gordo e bufava, ficava para trás, eu sabia, estava desistindo, já desistiu, estou salvo.

Cheguei à Ladeira. E aqui, nesta rua, eu tropecei, rolei lomba abaixo. Tentei levantar-me. Não pude. A perna esquerda me doía terrivelmente. Estaria quebrada?

Voltei-me: o brigadiano se aproximava, devagar, o fuzil apontado para mim.

— Não te mexe! — disse.

— Não posso me mexer — gemi. — Acho que quebrei a perna.

Ele me olhou desconfiado.

— Mentira tua. És um safado, que eu sei. Levanta. Estás preso.

Puxou-me pelo braço. Gritei de dor. Ele hesitou, olhou ao redor.

— Está bem — disse, finalmente. — Então não te prendo. Mas não me faz mais bobagens, hein? Não sai daqui. Olha que estou te cuidando. Fico te vigiando lá do Palácio.

Recuou uns passos, deu meia volta e subiu a rua em direção ao quartel. Voltou-se ainda uma vez:

— Vê lá, hein? Nada de bobagens.

A dor aumentava sempre. Desmaiei.

Acordei — quanto tempo depois? Não sei. Horas, talvez. Ainda era noite, a rua continuava deserta e escura. Eu estava deitado no chão, a cabeça de encontro à parede. A perna esquerda me doía terrivelmente. Suspendi-me a custo, estendi a mão, tateei a coxa, o joelho, e senti a ponta aguda do osso furando a calça. E aí acho que perdi os sentidos de novo.

Quanto tempo fiquei ali deitado, paulista? Não sei.

Pode ter sido muito tempo? Pode. Anda pela cidade: verás pessoas deitadas no chão, nos portais, imóveis — adormecidas, ou desmaiadas, ou mortas. Podem ficar assim dias, paulista. Anos.

Quando abri os olhos estava claro — mas não muito claro. Era de madrugada? Era ao anoitecer? Não sei.

Diante de mim, o meu irmão mais moço. Me fitava, com uma curiosa expressão no olhar: um misto de zanga, de compaixão, de deboche e também de ansiedade. Como é que eu vi tanta coisa no olhar dele? Não sei. O certo é que vi. Talvez por causa da hora: mágica, paulista.

Mano, murmurei. Mano, tu não sabes o que aconteceu; o Artêmio nos abandonou, ele traiu o pai, e tudo por causa daquele homem, daquele pulha que quer nos tirar as terras.

Ele parecia não me ouvir. Com voz rouca, disse que eu não podia ficar na rua, que eu estava doente, precisava de hospital.

Ele falou em hospital, eu me lembrei do pai.

— E o pai? — tentei agarrar a mão do mano, mas ele fugia. — E o nosso pai? Como é que ele está? Não me mente. Ele está mal?

Sim, ele disse, o pai está mal, não queres vir comigo ao hospital?

Quero, mano, quero muito, eu disse, mas não podemos abandonar nosso irmão, temos de tirá-lo de lá, do Palácio. Nem que seja preciso matar o pulha.

Inclinei-me para a frente, para o vulto cada vez mais indistinto que era o meu irmão: tu me ajudas, mano? A matar o pulha?

Ele parecia vacilar. Então abaixou-se, ficou quase ajoelhado junto a mim. Vamos fazer as coisas direitinho, ele disse, eu tenho um cabra, um paulista, que pode fazer isto para nós, ele faz um serviço limpo e some. É uma boa idéia, eu disse, entusiasmado; eu mesmo liquidaria o bandido, se pudesse, mas não posso, estás vendo que não posso.

Estou vendo, ele disse.

O homem pode atirar da janela do meu apartamento, sugeri, dali ele acerta até o olho do pulha, se quiser. E pode até usar o meu revólver, acrescentei, o trinta e dois que ganhei de nossa tia. Não! — ele disse — O teu revólver, não, revólver ele tem. Trinta e dois? — perguntei. Trinta e dois — ele disse, naquela voz cada vez mais longínqua.

De repente, tentou me levantar. À força! Berrei de dor. Ele me soltou, impaciente. Não adianta, mano, não podes me tirar daqui.

Quero te levar para o hospital, ele disse (não havia piedade naquela voz, paulista. Determinação, sim; piedade não. Isto entre parênteses).

Não posso, repeti.

Com o paulista, tu vais? — perguntou. Ah, sim, com o paulista eu iria a qualquer lugar. Com o paulista que liquidaria o pulha, sim.

Eu já não o enxergava. Da dor? Da febre? Da escuridão que reinava? Não sei. Sei que já não o enxergava. Como não te enxergo, agora, paulista, agora que é tão tarde, quase meia-noite, se não for meia-noite, agora que já é outro dia.

TRINTA E UM

Mas tu não queres parar agora, queres? Então bota um pouco mais aí na lata.

Essa lata, paulista, já estava aqui, na Ladeira. Não fui eu quem a trouxe, não. Estava aqui, e as pessoas que passavam começaram a colocar dinheiro, talvez porque a lata fosse apropriada para isto, uma lata de doce de Pelotas, tão limpinha, lavada pela chuva — as pessoas foram botando dinheiro, e eu achei boa a idéia, de contar histórias e pedir uma contribuição. Não estás de acordo? Te aproxima, paulista, está tão escuro que nem sequer vejo teus óculos, nem o teu bigode — assim não posso te contar o que aconteceu:

Como é o nome dele? perguntei ao meu irmão mais moço.

O nome de quem? — ele perguntou.

O nome do cabra que tu vais mandar para fazer

o serviço no pulha; preciso saber o nome dele, mano.

Falando em nome — quem és, paulista? Ainda não me disseste. És jornalista? És um escritor, colhendo material para um livro? És da polícia? És louco? És um turista curioso? Ainda não me disseste, paulista. Assim como não me disseste teu nome. Ainda me dirás. Ou então, eu o adivinharei.

Bom, aí o meu irmão disse: o nome do cabra, mano, é Paulista.

Meu irmão hoje está bem de vida. Tem uma grande fábrica em São Paulo, dá emprego para muita gente, inclusive para o Artêmio. É sim, para o Artêmio. Vi a foto na revista: meu irmão mais moço em primeiro plano, Artêmio um pouco atrás e à direita dele. Não parecia muito à vontade, tive até a impressão que procurava se esconder, mas era indiscutivelmente ele.

(Entre parênteses, paulista, e confidencialmente: Artêmio andou com a vida meio complicada. Andou até foragido. Agora, pelo visto, está tudo bem.)

Acho que eles não gostam de eu estar aqui neste portal, exposto às intempéries — ainda que o poncho me proteja. Acho que se eles pudessem me tiravam daqui, me levavam a um hospital, me endireitavam esta perna — que ficou torta, vês? Por causa dela até hoje não caminho direito e tenho de pedir esmolas. Acho que se eles pudessem me levavam para São Paulo, me davam um emprego. Um emprego com um salário razoável, capaz de acomodar qualquer um. Não devem gostar de ter um irmão (mesmo um meio-irmão) mendigando e contando histórias da família. Eles devem estar bem a par do que eu falo, não é, paulista? Alguém vem aqui, alguém conversa comigo, grava disfarçadamente, depois leva a fita para eles.

Não devem gostar do que ouvem. Devem me julgar louco, além de aleijado. Se pudessem, me enfiavam num hospício. Sei como fariam isso: mandariam alguém — médico, ou enfermeiro, ou sequaz — para me levar. Alguém que viria disfarçado de turista, de turista paulista, talvez. Alguém que poderia dar testemunho — com fitas gravadas, se fosse o caso — de minha loucura. Afinal, quem fala de ema fugaz? Quem fala de tordilho doido? Quem, senão o gaúcho louco?

Não, paulista, não devem gostar do que eu falo.

Devem até ter pensado em me liquidar. Devem ter se dito entre si: para que serve aquele molambo? Só para nos incomodar. Eia, terminemos com ele. — E ao assassino de aluguel devem ter dito: anda, viaja para o sul, termina com ele; mas te certifica que é a pessoa certa — conversa com ele, longamente se for preciso. Queremos fitas gravadas como prova. Queremos a espada do avô Picucha!

Mas agora sei teu nome, paulista.

Teu nome é Paulista — mas não estás um pouco atrasado? Para liquidar o pulha, pergunto. Ou não vieste para o pulha? Para quem vieste, então? Para mim?

Acho que vieste para mim, Paulista. E por isso me investigaste todos estes dias — para te certificares que eu sou Mário Picucha, o próprio. E para isto gravaste a nossa conversa, dia por dia. Para teres uma prova.

Vieste por mim, Paulista. Agora sei.

E vieste me ouvir para escrever o que eu digo, ou para delatar?

Ou vieste para me levar? E me levar para onde? Para o hospital, para o hospício, ou para a fábrica?

Ou vieste para me liquidar?

Hein, Paulista? Vieste para me matar, como se eu fosse um cão raivoso? Hoje é trinta e um — ainda não é meia-noite — e portanto estamos ainda em agosto, o mês dos cães raivosos.

Seja. Estou pronto. Trinta e um? Estou pronto.

Trinta e um.

Só te peço uma coisa. Deixa-me adivinhar o calibre de teu revólver. Quero ver se sou tão bom nas previsões quanto o meu astrólogo. Quero ver se, tendo examinado o passado, sou capaz de adivinhar o futuro. Vamos fazer uma aposta, Paulista, queres? Se eu errar, me matas. Se eu acertar, me poupas. É que... Não quero morrer, Paulista. Gosto de minha vida. Gosto do Rio Grande, gosto de Porto Alegre, gosto da Ladeira, gosto da gente que passa por aqui. Gosto dos hippies, dos marginais. Gosto dos ratos, gosto dos pombos. Gosto da Noca, Paulista. A Júlia nunca mais vi, mas a Noca vem aqui na madrugada do dia primeiro de cada mês. Se introduz sob o poncho, desperta para o combate o bravo guerreiro — ela faz isto como ninguém. Dia primeiro, Paulista. Amanhã. Doce, boa Noca. Sim, Paulista, gosto de minha vida, ainda que ela te pareça tão miserável e precária como a de um cão raivoso no último dia de agosto.

O trinta e um.

Mesmo gostando da vida, Paulista, estou disposto a arriscá-la nesta aposta. Os homens do pampa somos assim.

Estás pronto? Então lá vai.

Trinta e dois?

Moacyr Scliar
Livros Publicados:
— **Histórias de um Médico em Formação** — contos
Editora Difusão — Porto Alegre, 1962
— **O Carnaval dos Animais** — contos
Editora Movimento — Porto Alegre, 1968; 2.ª edição: 1976
— **A Guerra no Bom Fim** — novela
Editora Expressão e Cultura — Rio, 1972; 2.ª edição: 1974
— **O Exército de um Homem Só** — novela
Editora Expressão e Cultura — Rio, 1973; 2.ª edição: 1974
— **Os Deuses de Raquel** — novela
Editora Expressão e Cultura — Rio, 1975; 2.ª edição:
L&PM Editores — Porto Alegre, 1977
— **Os Mistérios de Porto Alegre** — contos
Gaúcha Gráfica e Editora — Porto Alegre, 1976
— **A Balada do Falso Messias** — contos
Editora Ática — São Paulo, 1976
— **O Ciclo das Águas** — novela
Editora Globo — Porto Alegre, 1976
— **Histórias da Terra Trêmula** — contos
Editora Vertente — São Paulo, 1976

epecê
gráfica
Avenida Bento Gonçalves nº 4080
Telefone: 23-8084 — CEP 90.000
PORTO ALEGRE — RS — BRASIL